KB075662

나는 되어가는 기분이다

나는 되어가는 기분이다

이영재 시집

창비

차
례

제4부 · 투명

제 1 부

상쇄

흰검정

검정에 고인 열에 손을 대본다

평소에는 꽃들이 웃자라 있고 언덕이 높아지거나 모난 바위가 자연스럽다

개미들이 평소를 이쪽에서

저쪽으로 옮겨두었다

평소였던 자리에서 불에 덴 것 같은 샤먼과 볼을 맞댄다

적절한 소문이 무성해서

불편한 나비들이 몰려와 아름다워졌다

나는 계단 깎는 일을 하는 사람이었습니다

땅의 깊은 온기,

흰검정

내가 알던 A의 기쁨

알루미늄 캔 속에 콜라가 가득하고 콜라 속에 탄산이 가득하다 보이지 않아도 알 수 있는 것들이 있다 A에 대해 오해하지 않아야 한다 A의 결말은 A의 것이 아니다 A를 통해 덜 불편한 결말을 바라는 이들의 A일 뿐이었던 A는 A의 A라고 쉽게…… 이제 와 나는 A와의 관계를 부정하고자 하는 게 아니다 콜라를 흔들면 누구나 참을 수 없다 없어서, 없는 이유마다 이유를 펼치고 펼친 이유를 열고 연 이유를 펼치고 열고 펼치고 열고 열고

어쩔 수 없잖아 A의 거짓말을 간파했다 A의 입술은 괜히 탐스러워, 나는 A와 마주 선 채로도 A의 대상으로 인식된 적이 없다 스쳐가며 A가 콜라 캔을 흔들었다 어쩔 수 없어 보였다 참을 수 없어 보였다 콜라 캔을 흔들었다 그러니까, 존나게

옹호하자는 건 아니다 일정 조건에서 일정 결과가 도출된다는 걸 공유하기에, 콜라 캔마다 일정한 탄산이 있다고 믿으니까 모두가 생각하는 대로 A는 나약하다 나약함을 비웃지 말라고는 않겠지만 모두 콜라의 탄산을 좋아한다는 원인

으로 알루미늄 안쪽의 농도는 선동당할 수밖에 없다는 걸, 인정한다 열림에 관하여, 터짐에 관하여, 찢어짐에 관하여 A의 신념은 아름다웠다 대상도 되지 못했던 내가 옆에서 봤을 때

패스트푸드 프랜차이즈점을 지나쳐 화장품 매장에 들어갔다가 샘플을 몇개 훔쳐 나왔다 감히 우리라고 한다면, 우리가 키스를 통해 죄의식을 나눠 가질 수 있을 거라 믿었다 A는 웃고 나는 구역질을, A는 구역질을 보고 나는 구역질을 허투루, A는 나를, 허투루의 나는 경멸이 되기에도 모자란다 탄산을 상상한다고 탄산이 구현되는 건 아니라는 걸

질척한 웅덩이엔 발자국이 겹겹이 쌓여 있다 A는 지문이 도드라진 손바닥을 찍고

선명한 공기다 사실을 말할 때가 됐다
A는 얼마 전까지 사람을 죽일 수 있는 상태였습니다 칼이 있다면 칼로 빨대가 있다면 빨대로
그래서 (A는 접속사에 자주 몸서리를 쳤지만)

A는 사람이 아닙니다 아니게 된 건지는 모르겠지만, A와 손잡고 걸었던 사실을 A가 숨겼다는 사실을, 사실을, 사실대로 나는 뒤늦게 알고

　죽고 싶었을까 죽이고 싶었을까 존재에게 접속사를 더할 수 없다는 A의 신념은

　의문문이다 궁금이 펼쳐지지 않는다 열리지 않는다 대상도 될 수 없던 나는 A가 건네준 탄산이 빠진 콜라나 마시며 변명이나, 변질이 아니라고 변명이나

　당위를 기록한다 알루미늄 캔이 얼마나 나약한지, A는 능동이었다고 소리치지만 사실 A는 A가 되는 동안 한번도 능동인 적 없었다 압력(press)에 있어 우울(depression)은 합당하게, 콜라 캔을 흔들 상황에서 콜라 캔을 흔드는 건 마땅해야 하지 않나 고백을 기록한다 얼마 전까지 A는 사람을 죽이지 못할 상태였다 상태가 열리거나 펼쳐지지 않길 바랐다 옆의 나는, 이미가 이미를 잡아먹고 소급이 소급을 덧씌우는 걸 알면서도, 나의 안에 A의 a가 자라기 시작한다는 사실을

비유를 증언하거나 증언을 비유하거나

자주 웃었다 더 자주 비웃었다 햇빛을 따라다니며, 안까지 뜨거워지길 바라며 탄산의 농도를 가늠해보려고, 서로를 비웃는 관계라는 게 나는 홀로 다행스러워, A를 따라 트림을 트림처럼 했다 선명한 구름이다 나는 사랑할 용기가 있다 그래서, 어제는 사람 같은 걸 죽이기엔 기쁜 날이었다는 A의 마지막 거짓을 진심으로 변호했다

코끼리

　곡해되었다 해도 공간은 사방을 구기지 않는다 상상될 필
요조차 없이,

　나는 코끼리의 한계다 나를 그리워하는 코끼리의 눈이 검
어서

　때가 되면 검정을 풀어둔다 코끼리가 담장을 들이받을 수
있는 건 담장이

　있기 때문이다 없다면 들이받을 수 없다 검정이 코끼리를
감싸고

　코끼리는 아파도 울지 않는 눈을 가졌다 대추나무의 뿌리
로 이루어진 코끼리는

　송아지의 골똘함으로 이루어졌다 플라타너스의 잎사귀
로 이루어진 코끼리의 혀는

　교활한 작위다 독백하는 코끼리가 직립을 통해 쥐의 꼬리
를 친구 삼고

　(쥐의 몸통과 대가리는 검정이 물어뜯어 부패된 상태다)
코끼리가 늑대로 울고

　때가 되면 코끼리는 코끼리인 듯하다 경우에 따라 코끼리
는 스스로

　코끼리의 한계다 꽃을 마시고 쥐구멍의 어둠을 질투하고

코끼리는

　아비와 어미를 나의 어미와 아비로 가져서 기쁨을 무표정
으로

　무표정을 지붕 위의 권태로 베낀다 살구꽃을 틔우며 코끼
리는 화를 간지럽히고

　슬픔을 반추한다 늙은 소로 이루어진 어금니 때문에 반추
로 자위하고

　위해하는 살구꽃을 먹는다 코끼리의 한계가 나라고 해서
나는 코끼리와

　작위가 아니다 작위는 코끼리가 사방을 가로지르게 하고
인내하게 하고

　욕망의 한계 앞에서 들소처럼 한계를 들이받다가 사방을
좁히고 좁혀진

　사방을 인식한다 대견하다 스스로 미안해하는 코끼리의
산책은

　채 열걸음으로 제한된다 되도록 하는 개별들의 곡해는 충
분하다

　때가 되면 검정을 거둔다 사방의 밖에서 상징이 날개를
숨기고 기어들어오면

코끼리는 빌딩처럼 운다 위를 지탱하는 지하를 과잉해
대며

작위해낼 수 있다 코끼리의 환희는 벽돌로 이루어져 있어
나는 코끼리 몰래

코끼리의 집을 빛과 그림자의 철학으로 짓는다 코끼리의
태양은

향유고래로 이루어져 있어 코끼리는 코끼리에 밀려난다
폭풍은

코끼리를 코끼리와 화해시키고자 하지만 코끼리는 나의
품으로 들어와

갈대로 이루어진 꼬리를 다정한 작위로 흔든다 코끼리의
부담으로

코끼리의 작위로 코의 작위로 코끼리는 나의 확신을 작위
해내는 듯하다

싸움

성내야만 한다

토마토를 따고 쇠죽을 쒔다

자주 생각하는 건 아이들이 달리는 장면이다 풍선을 들지 않고

오이가 길어지는 걸 지켜보다가도 흉터를 남겨놓은 수박이 외피를 회복하지 않길 바라기도 했다 그만둬도 될까

비가 내리자

웅덩이였던 곳이 웅덩이가 된다 찰방대는 표면에도 장력이 있다

자연(自然)을 견디지 않는 자연에도

무수한 잎사귀로 인한 그늘이 있고 볕은 참는 사람의 뺨을 부각시킨다

의도된 건 아니었다

참지 않아도 상처는 낫는다 너의 그는

그의 나를 배회하는 곡선이다

사실적인 빈집을 더디 가로질러

너는

너를 성내야만 했다

대위법

화로가 가운데여서
형성된 주변에 기쁨을 앓던 이들이 모여, 여전한 기쁨을
숨긴 채
모두가 미움을 곡해하지 않을 미소다

쇠고기를 검게 굽고
알밤을 까고
붕어의 살점을 뜯고

형성되는 기분으로
구운 귤을 균일하게 가른다 훈기가 여름을 살다 온 사람
을 데워낸다 그에겐 비치파라솔과 괭이갈매기의 곡선이 웅
크려 있다

침묵,
모두는 기쁨을 조금씩 꺼내, 잘 섞어 나누어 가졌다 총량
이 달라지지 않은 침묵이다 제주의 날씨를 살아온 사람도

버섯은

감자는 구워지고

숲이 타는 걸 보았다 피동적으로 환해진 얼굴이다
각자의 중심이
서로의 기쁨을 질투하는 걸 허락해낸다

주변을 들추면 흰 쥐들이 서로를 발견하고
발견과
서로를
폭력적으로 갸웃해낸다 믿을 수 없는 기쁨이다

슬럼

연약한 하늘색을 어슬렁대본 적이 있다
무결한 사람에 들어 있는 사람을 구출할 수 없다
옥수수와 참치
옥수수와 참치
통조림을 먹으며 구덩이를 파고 싶은 기분이 든다
슬럼프 안에 담겨 있으면 포근하다
삐뚤빼뚤 열린 하늘을 본다 부피를 본다 색을 본다 경계
를 본다 무결을 본다 연 대로 열린 대로
보이는 걸 보고 있다 올려다보는 사람을 본다
그 사람을 구태여 하지 않는다
보다가
본다
운명을 믿는 사람을 보고 있다
시간이 불타는 걸 보고 있다
포로들은 멈춘 버스에서 단잠 중이다
나는 되어가는 기분이다

새의 간격을 보며

   묘사되지 않는 이곳은, 이곳이다 개괄을 열면
   저녁이다 검은 형식의 사람이 달리듯
   달린다 저 역동은 지난하고 저 역동은 학습이고 저 역동
은 효율이고 저 역동은 형식이 아니고 자연스레
   우리는 지나지 않는다
   붉은 형식이 영향을 통해 사람을 통과해 아름다워지고 있
다 입을 열고 혀를 열고 말을 열고
   형식을 열고 생각을 닫고 닫음을 열고 밀착과
   밀착과 영향과 영향과 포옹과 포옹과

   포옹과 포옹과 포옹과
   포옹과 포옹과 과정과 인력과 마찰과 밀도와 밀도와 밀도
와 포옹과 밀도와 포옹과 포옹과…… 열기구가 떠오른다 사
실적이다 벤치의 우연한 개괄에 앉아, 우리는
   사실적이다 새의 간격을 본다 밀집을 보지 않는다 새의
간격을
   본다 경청을 보지 않는다 새의 간격을 본다 새의 간격을
본다 새의
   간격을 본다 만일을 본다 우리는

선량한 저항이 아니다

형용된 나는 외면을 보다가 외면을 본다 저녁을
인정한다 인정하듯
묘사되지 않는 저녁이 저녁의 형식에 맞춰 가고, 우리는
가능을 하거나
하지 않는다 저 간격도 간격이라 해도 된다 우리는 사실
이 되고 싶어
사실이 되고
있다 열린 개괄의 형식이 열리듯 포옹과 포옹과 포옹과
포옹과
마찰과
포옹과

낭만의 우아하고 폭력적인 습성에 관하여

　봄입니다 봄을 비약한
봄입니다 끝자락에서 시작되는 이 지나친 화려, 식상한 파
라솔 앞에도 슈퍼 앞에도 바나나우유 앞에도 우아하고 불안
한 인류가 봄에 등을 기댄 채 낄낄댑니다 베껴진 쓸쓸을 흥
분하다가도 아름다운 시대였지, 아름답다고 평가할 시대였
어 역시
봄입니다 봄 주변으로 여리고 부드러운 들개 한마리가 와
앉습니다 검고 환한, 새끼예요 너는 야생에서 왔니 친구들
은 서로의 머리를 위태로 쓰다듬고, 온순입니다 들개를 순
화하는 들개, 야생이 궁금해 야금야금 들개를 먹은 인류의
몸은 펄펄 끓습니다 막대 하드로 속을 식혀도, 주체를 주체
하는 건 쉬운 일이 아니라서요
봄입니다 들개들이 옵니다 울음으로 환함으로 황량으로 무
리를 지어 멀리를 통해 들개는 어두운 납득입니다 여태의
봄입니다 인류가 함께 파라솔을 접고 사다리를 밟아 슈퍼
지붕에 오르면
봄입니다 노을이 있었네, 그러게, 그러니까, 그러네
봄입니다 흐트러진 각자의 낭만을 노을로 비약하지 않기로
합니다 한 무리의 들개들이 지붕을 둘러싸고 노을을 둘러

싸고 펄펄 끓는 비약은 어떤 정서라고 하지 않습니다 짖습
니다 짖어요 들개 무리는 꼬리를 흔들고 인류 무리는 손부
채질을 해보지만, 사람의 두려움은 사람의 두려움과 총량이
같습니다 그 어떤 이상도 존재하지 않는
봄입니다 비타민을 삼켜봅니다
봄입니다 비타민을 삼켜요 서서히 녹는 비타민은 노을보다
연약합니다 노을은 과도해지고 사랑해지고, 식상한 파라솔
은 여전히 지붕 아래입니다 작아 보여요 작은 들개도 들개
주변의 들개도, 어마어마하게 왜소한 들개들입니다 들개들
이 쓰는 일본어를 들었는데 아름답습니다 아름답다라는 중
국어를 엿들었는데 아름다워지고 맙니다 인류는 관계로 낄
낄대고요 안전한 낭만에 갇힌
봄입니다 한마리의 들개는 소실점이 아닙니다 두마리의 들
개도
봄입니다 속은 뜨겁고 비타민은 녹고, 빛을 삼키고 왕왕 번
지는 어둠마저
봄입니다 팔을 꿰고 앉은 인류는 낭만을 비약합니다 도망치
지 않았다고 파라솔은 위를 가리킵니다 송곳니에 찢어지는
파라솔의 식상도 좋고 사라진 들개를 추억으로 해대는 것도

좋아, 비약된 사랑도 이뤄질 것만 같은

봄입니다 훈련된 키스를 절반으로 나누고 앞발을 순서대로
저곳에서 이곳으로, 이곳의 들개들은 휘파람입니다 남해의
습하고 더운 바람으로 기쁨이 식어도 기쁨이 식지 않는

봄입니다 노을이 없고 밤이 없고 바닥이 없어 어둠에 둥둥
뜬 지붕이 홀로 봄을 지탱하고 있습니다 외로움은 없길 바
라요 봄은 둘 이상의 중독이었다가 둘 이상의 습성을 조련
했다가도 봄은 봄이라도 되는 것처럼

봄입니다 색상 밖의 비타민을 삼키면

봄입니다 갔나, 갔을까, 어둠의 소실점은 번복으로 사라집
니다 속은 뜨겁고 들개들이 있던 봄은 왕왕, 완연입니다 사
다리를 밟아 지붕을 내려가면, 중력은 그대로고요 찢긴 파
라솔 틈으로 속상한 아침노을마저 비약해봅니다 널브러진
쓰레기는 우리를, 사랑을 낄낄댑니다 왠지 슬프다

봄입니다 나도 왠지

봄입니다 왠지 시작되는 사랑, 그 어떤 사랑보다 편협할, 우
리가 시작하는 힘으로 가할 폭력적인 사랑의

카무플라주

저기 서 있는 여자는 나다
나를 보며
나는 저 건물의 무게가 지탱되는 변별력을 본다 편견으로
본다

내 오른쪽에 있는 남자의 오른쪽 몸은 나다
주머니에서 손의 땀을 펼쳐내며
해석될 비난을 예상한다 나는 나를 지켜야만 했다

솟는
뿌리

이 모서리를 안쪽에서 보는 사람과
이 모서리를 바깥쪽에서 보는 사람은
같다
같아서, 같은 진도로 가슴이 저리다 유명무실한 전투가
지나간 골목에 약지가 긴 아이가,
다시 보니
약지가 긴 아이다

제대로 본 것을 제대로 본 것으로 위장하며
너는 너의 품으로
너의 등을 안는다

겹과 겹

원 위에 원을 그리고 원을 그리고 원을 그리고 원을 그리고 — 내가 그리는 연속에는 그리움이 없다는 걸 인지시키고 싶다 강제되더라도 — 관점을 바꾸면 쌓인 원들은 입체가 된다 언뜻 컵의 모양에 따뜻한 물을 채우고 찻잎을 우린다 맛을 그리지 않아도 향이 입체화된다 강제로 그려지는 슬픈 사람의 입체를 음미 없이 마신다

입체를 쌓으며 강요는 순환해왔을까 몸은 몸과 맺어왔다 입체를 견디는 입체의 역할을 순행이었다고 해도 될까 반복마다 반복이 덧씌워지고 덧입혀진 옷이, 안쪽의 왜소를 대변한다 웃음에 웃음이, 출근길에 출근길이, 기쁨에 기쁨이, 희망에 희망이, 희망에 희망이, 희망이 희망에 덧대어지고

차의 색이 변해간다 향이 변해간다 불연속의 독백과 밤새 마주 앉아 있기로 했다 독백이 그리고 우린 차를 독백이 마신다 밤이 샐 수 있다는 사실을 독백도 알고 나도 알아서, 우리는 잠시 사실에서 자유롭다 경직을 웃다가, 독백과 독백이 맺다가, 밖으로 우는 건 독백이다 조명이 도드라내는 양

각은 안이 있다는 걸 의미해서, 나의 안도 의미에서 자유롭지 못하다 나는 조용히 속을 구긴다 독백이 독백의 머리카락을 쥐어뜯는 간절이, 간절에서 자유로워질 수 있을까

  저 위를 날아 강제된 새들이 가고 저 위를 날아 강제된 새들이 오고

  어제의 독백은 그제의 독백에 덧씌워졌다 기쁜 사람을 떠올리면 기쁜 사람만 떠오른다 부유하는 강물은 사흘 전의 강물과 다를 바 없어 보인다 몸이 강물에 뜨는 건, 내가 속을 오래 구겨왔기 때문일까 속이 보이지 않는 강물이 속이 보이지 않는 강물을 마시며, 쌉싸래한 차 맛이 난다 저 검은 새들에 저 검은 새들을 덧씌우면 변명마저 탄원이 될까

  산책의 궤도에서 왼발을 한걸음 더 디뎠다 한걸음이다 기억이 넓어질 수 있을까 연약한 기대가 입체의 가슴과 등을 오가며 그리며 채우며, 두텁게 그린 원 덕분에 컵 속의 차는 여태 따뜻하다 음미 없이 마셔도 차의 온도로 몸이 따뜻해진다 오늘을 맺는 독백 앞에 내가 사람의 입체로 앉아, 귀의

입체로 듣는다 듣는 입체가 속을 채우며, 조용히 고개를 끄
덕여주고 있었다

모카와 모카빵

비탈에 가정된 사람이 비스듬히 서 있다
갸웃,
해본다

나는 모카빵을 씹는 비스듬이다 그런데 저 비탈의 비스듬
이, 저 사람의 비스듬이어도 좋은 걸까

현실이 종종 가정된 사람을 모방할 때, 씹던 모카빵을 쓱
쓱 문질러 가정형 문장을 지운다
모방된 사람은 지워지지 않고 비탈을 내려간다

짐작은 종종 들어맞지만 자주 틀리는 편이 좋다 모카빵집
오븐에서 같은 모양의 모카빵들이 걸어나온다

비탈에 부정된 사람이 비스듬히 서 있다 갸웃,
하지 않는다

부정된 사람의 손엔 부정된 모카빵의 모방이다 저질러진
부정을 인정하며 눈을 감으면

지워진 비탈은 나를 걸어 올라온다

나는 텅 빈 비탈에서 모카빵을 씹으며, 비스듬한 볕을 지
워보려는 흉내의 일종이어도 될까
싶은,
부정된 사람의 윤곽이다

검열

타조는 타조과의 새로 자유롭게 걸을 수 있는 요건이 충족돼 있으며 날 필요를 잃어버린 요건이 충족돼 있다 타조는 충분한 노동자로서 먹기 위해 일하며 자기 위해 일하며 싸기 위해

생각하고,

생각된 생각을 생각하는 과정이다 타조는

과정의 일부가 충분히 교육되었기에 스스로의 타조성을 잃어버리지 않기 위해 규정된 범주 안에서 타조를 의심하고 인식된 타조를 검열하고 있는

타조다 타조의 안쪽에는 타조가 의식화돼 있고 무의식적으로도

타조를 잃지 않는다 적이 쫓아오면 날지 않아도 빠르게 달릴 수 있는 긴 두 다리를

검열한다 달릴 수 있는가, 달릴 수 있다, 달린다 도망에서 자유로워지는 과정은 객관이다 타조 안에서 타조가 아닌 타조가 타조를 보고 타조의

뺨을 긁적이거나, 샤워를 하다가 대가리를 뒤로 빼서 항문 주위의, 그러니까 제대로 보이지 않는 그, 것, 것, 것을 뽑아버리려는 시도와 노력은 타조의 것이 아니라 타조 안의

검열이다 엄격이다 타조는 타조를 의심할 수 없는 충족이
어서 욕심이 없고 욕망은

타조다 타조로 가득 찬 착각으로, 입력된 타조를 통과한
타조는 일기를 쓰기도 한다 오늘과 하루, 쪼개진 하루를 문
장 단위로 쪼개고 쪼개진 문장을 습성의 단위로 쪼개

반성한다 반성하는 타조를 지켜보는 타조는 만족된 반성
이기에, 반복, 다시는 반복하지 않는, 반복, 다시는 반복하지
않는

타조는 타조의 형태를 유지하는 와중이다 연속되는 검열
과 연속되어야 할 검열과 동시에 합리화되는 검열이

타조는 획득인 것처럼 보이지만, 애초에 타조였기 때문에
안쪽의 타조는 바깥의 타조보다 안쪽의 타조를 사랑하는

사랑하는

사랑하는

타조다 타조는 타조의 소급이어서, 날개가 커지고 날 수
있는 요건이 충족되는 과정을 통해

적이 쫓아오면, 타조는 언제고 달리는 타조이기에, 안쪽
의 타조는 안전한 타조 안에서

날지 않는다 안은 좁고 습하고 웅크린 자세일 수밖에 없

기에 방어적 자세가 체화된 타조를 베낀 바깥의

　타조가 공격적 변명을 부자연스러운 부리 모양으로 쪼아
도, 타조의 형태는 탄생 이전부터 날 수 없는 요건이 완벽히
검열되어 있기에 타조는

　언제고 괜찮다 타조다 타조를 보고도 모르는 척

　괜찮다 날개를 펄럭이면 바람이 인다 축축이 젖은 타조의
내장을 갉는 타조는 검열의 조건대로 타조의 고개를 끄덕
인다

　응

　응

　응

　왕성한 식욕을 통과한 타조가,

　타조가 타조임을 인정하지 않을 수 없게 하는 확실한 검
열은, 언제까지나 반성을 지속시키는 태도다 타조는 타조를
신뢰하고 믿는 유일한 경우로 이루어져 있어

　오늘의 타조는 잘 우스꽝스럽게 타조에게 쫓기고, 노동하
고, 유지하고, 유지하고, 하는, 하는, 자칫 능동적

　진행형이다

　상태는 정상입니다

상태

달리는 중의 개를

(…)

그려지는 중의 꽃을 어찌할 수 없다

날개를 펴는 중의 새를 어찌할 수 없다

친밀 중의 사람들을 어찌할 수 없다

출생 중의 태아를 어찌할 수 없다

저수지의 물과 함께 고여 있는 중의 소년의 유년을 어찌

할 수 없다

혹사 중의 태양을 어찌할 수 없다

글러브로 날아오는 중의 공을 어찌할 수 없다

모두 중의 모두를 어찌할 수 없다

닭을 모방하는 중의 병아리를 어찌할 수 없다

흔들리는 중의 물결을 어찌할 수 없다

높아지는 중의 건물을 어찌할 수 없다

당겨지는 중의 방아쇠를 어찌할 수 없다

결심 중의 결심 중의 결심 중의 결심을 어찌할 수 없다

견디지 않는 중의 상태를 견디는 중의 상태를 어찌할 수

없다

(…)

터지는 중의 폭탄을 어찌하고 싶지 않다

포화 중의 모방을 어찌하고 싶지 않다

상승 중의 새를 어찌하고 싶지 않다

칼에 베이는 중의 표면을 어찌하고 싶지 않다

칼에 베이는 중의 내면을 어찌하고 싶지 않다

회전 중의 목마를 어찌하고 싶지 않다

여백 중의 여백을 어찌하고 싶지 않다

(⋯)

노래 중의 가수를 어찌하지 않기로 했다

이별 중의 사랑을 어찌하지 않기로 했다

사랑 중의 이별을 어찌하지 않기로 했다

신념 중의 도취를 어찌하지 않기로 했다

누군가를 찌르는 중의 누군가의 누군가의 그것
을 어찌하지 않기로 했다

엮이는 중의 팔짱을 어찌하지 않기로 했다

도착 중의 열차를 어찌하지 않기로 했다

도취 중의 음악을 어찌하지 않기로 했다

아버지 중의 아버지 중의 아버지를 어찌하지 않기로 했다

어머니 중의 어머니를 어찌하지 않기로 했다

지는 중의 해를 어찌하지 않기로 했다

고착 중의 물리법칙을 어찌하지 않기로 했다

타살 중의 인간을 어찌하지 않기로 했다

투여 중의 주사액을 어찌하지 않기로 했다

당신 중의 당신을 어찌하지 않기로 했다

(…)

어찌할 수 없는 중의 어찌하지 않으려는 어찌할 수 없음을, 어찌할 수 없는 걸까

(…)

넘치는 중의 술잔을 어찌겠나 싶어

의미를 획득 중의 단어를 어찌겠나 싶어

정서가 정서를 가하는 중의 결핍을 어찌겠나 싶어

복합 중의 혹사를 어찌겠나 싶어

기어코 서정 중의 예술을 어찌겠나 싶어

규격화 중의 신발마저 어찌겠나 싶어

인간 중의 사람을 어찌겠나 싶어

사람 중의 인간을 어찌겠나 싶어

정체 중의 도로를 어찌겠나 싶어

연민 중의 인간애를 어찌겠나 싶어

신념 중의 신념 중의 신념 중의 신념을 신념을 신념을 신
념을 어쩌겠나 싶어

(⋯)

고백 중의 소년을 어찌하지 말자고

발광 중의 전구를 어찌하지 말자고

획득 중의 관념을 어찌하지 말자고

욕망 중의 혀를 어찌하지 말자고

피부를 뚫는 중의 뱀의 송곳니를 어찌하지 말자고

지껄이는 중의 처절을 어찌하지 말자고

각성 중의 분노를 어찌하지 말자고

포기 중의 경기를 어찌하지 말자고

녹는 중의 얼음을 어찌하지 말자고

(⋯)

관중석을 넘는 중의 공을 어찌할 수 없고

두 사람 중의 두 사람을 어찌할 수 없고

반성 중의 살인자를 어찌할 수 없고

여자 중의 여자를 어찌할 수 없고

남자 중의 남자를 어찌할 수 없고

남자 중의 여자를 어찌할 수 없고

여자 중의 남자를 어찌할 수 없고

합리화 중의 합리화 중의 합리화 중의 내일을 어찌할 수
없고

오븐에서 익는 중의 닭을 어찌할 수 없고

질문 중의 기대를 어찌할 수 없고

군중심리를 획득 중의 개별을 어찌할 수 없고

피해의식을 획득 중의 피해자를 어찌할 수 없고

어찌할 수 없는 중의 어찌할 수 없는 어찌할 수 없음을 어
찌할 수 없고

내리는 중의 비를 어찌할 수 없고

고이는 중의 비를 어찌할 수 없고

흐르는 중의 비를 어찌할 수 없고

(…)

상태 중의 상태를

없는 중의 없음을

있는 중의 있음을

노력 중의 노력을

폭력 중의 폭력을

위태 중의 위태를

무결 중의 무결을

야만 중의 야만을

사실들

외야에 앉아 있다
이 좌석엔 고유 번호가 있다
티켓은 팔천원이다
매표원을 부스 밖에서 만난 적이 없다
모자를 썼다 손목시계는 없다
모자를 썼다 손목시계는 없다
저 새는 비둘기가 아니다
껌은 씹지 않는다
외야에 앉아 있다
심판이 입는 옷이 마음에 든다
오늘은 경기가 없다
투수는 오늘 어깨가 좋지 않다
외야에 앉아 있다
공은 하나다
글러브는 공이 아니다
저 새는 비둘기다
좌석은 모양이 같다
저 새는 비둘기가 아니다
선글라스를 꼈다 운동화를 신었다

선글라스를 낀 사람은 2번 타자가 아니다

공은 글러브가 아니다

배트는 공이 아니다

감독은 오늘 무릎이 좋지 않다

경기장은 비어 있다

외야에 앉아 있다

외야에 앉아 있지 않다

외야에 앉아 있다

외야에 앉아 있다

방패

　현상이 방패로 폐쇄되고
　온전한 타인이 방패를 내밀면 타인의 온전함은 방패를 내
민다 악수에 휘말리지 않는
　정직

　비유가 침범하는 결핍마다 강철의 변명, 나에게 몸을 내
주고 도망친 타인이 나로 강해지다가도

　나는 너를 해할 마음이 없다
　몸으로 걸어온 인간이 계획한 최대치의 웃음은 기괴한 흥
분을 야기한다

　옳다 드잡이를 편협해내는
　순순(盾盾)
　깨진 유리의 위태도 충분한 미학을 슬퍼해내서

　번개가 상쇄되면
　번개가 상쇄되면
　관계되지 않을 견고한 결여들이 강철에서 걸어나와, 새로

운 볕에서 축축한 방패를 몰래 말린다

제 2 부

기형

기우

박주사가 와서 염치없이 비빈 밥을 잘도 퍼먹는다
땅을 달라고
또
가문 날이었다 노인네 주름마냥
푸성귀를 다듬는 척하다, 전등 가는 박주사의 뒤통수를
무쇠솥으로 후려쳤다

개가 짖었으면 해서
온 동네 개들이 연쇄하는 잎사귀와 다를 바 없이 시끄럽
게 쏟아져댄다

외곬

어느 동네에나 늙어버린 이들은 외로움을 잘 견디지 못해 여기저기 모여보려고 기웃기웃대지만 먼저 말이라도 걸면 지는 기분 같아 말은커녕 발도 걸지 못하고 기웃대기만 하는데, 어쩌다 구실 좋게 장기판이라도 하나 있으면 자식들에게 뜯어낸 용돈이나 걸어두고 말도 섞고 웃음도 섞고 주먹은 못 섞으면서 뭔가 자꾸 섞어보려고 애를 쓰는 모습이 보기 좋은 것이다.

어느 여름날이었을 건데, 푹푹 찌고 매미 울어도 죽은 사람 하나 없는 적에 나는 아직 늙어버리지 않았다는 자만에 노인들의 장기판에 자리 하나 빈 것 보고 슬쩍 끼어들어보았다. 왕년엔, 나도 왕년이란 것이 있어서 불룩 나온 배에 힘깨나 주고 앉았는데, 노인들은 뒷산 오를 관절도 없으면서 하나같이 형광 등산복이나 갖춰 입고 나의 왕년을 은근히 깔보는 것만 같아 기분이 썩 별로였지만 구태여 티는 내지 않기로 하고 젊은 사람 특유의 넉살로 허허실실 장기판에 만원 하나를 올려보았다. 사실 그날은 찰방찰방 살아 있는 생선회나 질겅질겅 씹기 좋은 날이라 애인에게 구걸처럼 만원을 뜯어내었던 것인데, 무려 이만원이나 되면 생선회에 소주 두어병도 부끄럽지 않게 비울 수 있을 것만 같아 노인네의 만원을 내 것으로 하고 싶은 심산이었다고 볼 수 있었 겠다.

노인이 슬쩍 졸을 열면 나는 저 먼 까마귀 한번 보고 졸을 열어 보이며 수를 주고받기 시작하였는데, 형세는 나쁠 것 없었는데도 불구하고 어쩐지 불편했던 건, 노인네들이 언제 부터 친했었다는 듯 끼리끼리 모여 낄낄대고 나의 젊음을 질투하지 않기라도 하는 듯 오만한 표정으로 내려다보기 때 문이었었다. 나는 코웃음이나 치며 보여주겠다는 마음에 졸 을 굴리고 포를 띄우고 차로 차를 가로지르며 재간을 부리 기 시작하였는데, 노인들은 놀라지도 않고 은근슬쩍 백발노 인의 옆구리를 찌르며 눈짓을 주고, 백발노인은 그 눈짓을 또 날름 받아서, 아아, 나는 조금씩 화가 치밀고 있었지만 여 태껏 차곡차곡 쌓은 계획은 백발의 왕을 삼킬 왕도를 잘 향 해하던 차이기에 그런 교활함 정도는 참아낼 정의를 가지고 있었다고 볼 수 있겠다. 노인의 백발이 백기 같아만 보여서 상으로 칸을 가로질러 나지막이 장군을 외치려 했던 것인 데, 왜 장군 앞에 선 왕은 노인네의 왕이 아니라 나의 왜소한 왕이었어야 했던 것일까⋯⋯!

왕이 기껏 한걸음 물러선다고 내가 물러나는 것은 아니라는 걸 눈빛으로 전해주어도, 하나가 된 노인네들의 눈빛은 백전을 견디고 천전을 전리하러 가는 대장군의 졸병처럼 음흉하기만 하고, 또 그 음흉을 주고받아대는 듯한 노인네들의 시커먼 혀가 날름대는 모양새에 애써 참던 욕지기가 올라오려고 하던 참에, 나의 왕은 다시금 외통에 몰린 채 더는 퇴각할 사면이 없게 되었었다. 나의 왕은 차마, 쓸쓸해 보였었다.

기껏해야 장기판 건너에 앉았으면서도 노인은 백발을 대표하는 왕이라도 되는 듯 누렇고 가지런한 건치를 드러내며 웃는데, 연유는 모르겠으나 갑자기 그 웃음에서 넉넉한 위엄이 느껴지고 노인의 어깨에서 왠지 모를 후광과 품위가 풍기기 시작하여, 나도 모르게 굽실, 굽실대며 창창 소년이라도 된 것처럼 갓 추락한 송아지의 착한 눈동자를 빌려 끔뻑끔뻑대며 노인을 보고 말았는데, 노인은 백발을 쓸어 넘기며 고개를 가로로, 가로로, 가로로만 저어대었다. 동네에서 건물 두어채를 가지고 있다는, 가진 것이 있다는 저, 결백하지도 못한 노인네가!

훈수다. 모든 것이 훈수 때문이었던 것이다. 백발 옆의 백발 옆의 백발 옆의 백발들을 모두 더해내면 백전은커녕 천전 이상이 분명한데, 천전의 경험은 여태 머리 검은 내가 버텨낼 재간이 없지 않은가! 수는 없었다. 아무리 하여도 비상한 수는 없었다. 그럴 수도 이럴 수도 저럴 수도 묘수도 허수도 하나 없는 내가 자못 창피하였는데, 이대로 나의 친애하는 왕을 내주어야만 할 것 같아 괴로움에 몸부림치고 싶었었지만 약한 모습은, 지더라도 진 것 같은 모습은 기어코 보여주고 싶지 않았었다. 가문도 학벌도 없는 나라는 작자는 그랬었던 것이고 그럴 수밖에 없었던 것이었었다.

절체절명에 자르고 도망칠 꼬리도 하나 없는 내가 괜스레 고뇌하는 포즈라도 취해보려는 찰나, 노인네들은 내가 걸어놓은 애인의 만원에 군침을, 쓴내 나는 군침을 삼켜대고, 언제 함께 늙기라도 하였다고 언제 가까웠었다고 나라는 머리 검은 적을 앞에 두었다고 같은 표정을 웃는데, 어떻게 저 치열은 나의 치열보다 가지런하고 희게 보이는 걸까 싶은 건, 분명한, 부정되지 아니하는 분명한 질투였었다. 아아, 저 백발은 항복도 아니거니와 항복도 아니거니와 위선으로 가득한 저 백발은 결백이 아녔다. 결백이 백발일 리 없으니 나도, 나라고 이 동네 장기판 규칙이란 것을 따를 필요가 없는 것이 아니겠는가. 나는 창피를 버리고, 눈을 끔뻑대는 무결하

신 나의 왕을 위하야 묘수를, 묘수를, 불알에, 여태 뜨거운
불알에 묘수를 푹 쩔러 넣고 벅벅, 벅벅, 노인네들의 심기를
벅벅 긁어대며 삿대질을!

그러니까 이 동네에! 법도! 나발도!

*

알리바이를 떠들었다 라면 국물에 밥을 말며 선량하게 웃
었다 엄마에게, 김치 고갱이를 씹어대며 애인에게

내 기쁨이 얼마나 단순하고 외로운 것이었는지를 우는 듯
이 웃는 듯이 결백하다는 듯이

애인도 엄마도 웃어서

웃고

말아서

*

나는 알리바이였었습니다 저항을 유영하는 어류는 수족
관 안이군요 어항의 형태를 짐작하고 싶지 않을 겁니다 유

영을 멈추고 싶지 않을 겁니다 유영에 비친 달을 보고 싶을
겁니다 죽지 않고…… 죽이지 않을 것입니다 저 어류는 어
류를 고뇌하지도 몰두하지도 않고 도달을 피해, 빙글

　빙글 돌아서 ── 골몰을 저항하지 말자고, 돌아서 ── 분노
를 투항하지 말자고, 돌아서 ──수치를 대항하지 말자고, 돌
아서 ──치욕을 반항하지 말자고, 결국을 골몰하면서도

　외통에 몰린 활어가 몸을 돌려 반대편의 외통으로 가고
있던
　가고 있었었던
　푹푹 찌고 매미 울어도 산 사람 하나 없는, 여름이었었습
니다

캐러멜라이즈

설탕에 대한 약간의 오해 중, 아니다 설탕은 충분한 오해
이기에 솔직하다 충분히
희다

아름다움이란 것은 대단해서 아름다움에 처하면 누구나
안쪽으로 휘말릴 수밖에 없다 너무 밝은 날, 밝음이 밝음에
육박한 날이었는데 아름다움을 넋 없이 보다가 문득,
궁금해졌다 저 희고 아름다운 것이 분명 아름답지 않았을
텐데 어쩌다
아름다워졌을까 왜 굳이,
미화된 거지?

당신은 비웃고
순수하게 표백된 휴지로 입가에 묻은 짜장을 닦았다 흰
입술로 결백하냐는 질문을 했는데
짜장엔 설탕이 들어가면 맛이 좋다고, 나는 대답이었나

각설탕을 허에 올려놓으며 질문이나 날리는 인간은 연민
을 바라는 것 같다 저 가엾은 인간은

믿을 수 없다

내가 죽지 않은 사람을 믿지 않는 건, 질량이 질량을 보존
하기 때문이다
질량이라는 건 탓을 전가하기에 탁월한 허위로 이루어져
있다 텅 빈 풍선이 떠오르지 않는다고 과도한 사과잼을 삼
킬 필요는
없다 없음을,

위증했지?
위증했지

당신의 순수를 비유해줄 캐러멜을 만들기로 했다 대단하
겠지 투명에 투명을 덧대고 아름다움에 아름다움을 덧대고
투명을 기어코 투명에 덧대며 갈변하는
나의 결백
결백하는 당신은 갈변 중이다 불투명해지는, 불투명해지
고 마는

괜찮아 질량이 전복되면,
질량이 된다 아름다움에 관한 달콤한 오해를 나누며 살아
있는 모두가 살아 있다는 기분에 중독된 채로

캐러멜을 혀에 올린 당신의 표정이, 그 지나친 달콤이
나도 좋아서

파수
영등포에서

우울의 시스템은 수렴에 기초해 있는데
이곳은 포구였다 모여드는 곳이었다 모여드는 것들이
　직업소개소와 철학관과 노래방과 비뇨기과와 공중전화
와 시계방과 성생활용품점과 여행사와 부동산과 가발집과
　충분하다 실패의 경험이 없는 사람이 없다는 건 실패는
없음과 상호작용을 통해 없어짐을 거부하려는
　충분해도 더 충분한 수렴이 필요한 이곳은 포구였는데

　옆방의 고음은 노래다 우울은 최대한 주관적인 편집이라
　편집된 노인들이 삼삼
　오오를 편집해 오오
　삼삼으로 콜라텍에서 충분히 몸을 흔들고도 흔들리는 전
등 아래서 충분치 못한 사람을 붙잡고 함께 흔들리고 싶어
지는
　편집이다 기어코 이루어지는 편집을 드라마라 해도 좋다
이곳은 배경이었는데

　블랙홀을 본 적 있다 직접은 아니고 사진이었는데, 사진
에 포착된 순간의 블랙홀은

어떤 기분이었을까 나는 허기였는데

그동안 블랙홀로 알던 것은 연약한 인식이었을 뿐이다 본 적도 형상화도 되지 않는, 그러니까 이런저런 힘의 방향을 안쪽으로

인식될 수 없는 안쪽으로 수렴하려는

빛도?

빛도

빛이 있던 곳, 웃자라는 풀 한포기 없고 웃자라기엔 낡아 버린 건물들이 늘어선 이곳은 충분한 곳이었다 저 아파트는 누구나 입주하고 싶던

높이다 수렴되고 싶던,

뭘까 뭐여도 괜찮은 것 같지만 사실 이곳은

사실이었다 사실이었다는 사실을 인정하지 않는 고집스 러운 인식이 저 낡아빠진 아파트를 여전히

지켜내고 있다 인식이 검은 구멍을 통과해

기어코 검은 구멍을 통과하려는 다름, 다름, 다름이 허위 라는 걸 아는 사람들이 겨우

틀림을 통과해

모두가 틀렸다는 편집으로 완성된다 이곳은 충분했던

충분이었다 인식이었고

인식이다 나의 인식은 매일 수렴된 우울을 만나 편집되는
우울을 완벽한 우울로 지켜내려는

지켜냄이다 충분도 충분치 않을 수 있는 이곳은, 이곳을
수렴하려는

수렴, 그 이상인

나의 이상이다

정물 b¹의 당위

B102

방은 비어 있다 빈방이다 오래² 빈방이다 방은 빈 채로 있
다 빈방엔 테이블이 있다 빈방엔 접시가 있다 빈방엔 토마
토³가 있다 접시는 테이블 위가 아니다 토마토는 접시 위가
아니다 어떤 기대⁴도 않는 것이 좋다 빈방엔 기대를 수용할
공간이 없다 빈방의 요소는 빈방으로 충분하다 충분한 빈
방엔 옷장이 있고 널브러진 컵라면 용기가 있고 개미가 있
다 방은 비어 있다 개미는 토마토를 향해 간다 접시를 지
나 테이블을 지나 테이블을 지나 접시를 지나 개미는 토마
토를, 지나친다 개미는 고민이 없다 고민은 빈방의 몫이 아
니다 개미는 없다 빈방에는 오해, 불안, 권총, 인형, 없음, 천
장, 피해, 견딤, 움직임, 권태······ 없다 부정도 거부도 하거
나, 하지 않는다 할 수 없다 할 수 있는 것이 없다 빈방은 복
선을 담기에 과도하게 적나라하다 경적이 울려도 빈방엔 듣
는 귀가 없다 경적이 없다 위축이 없다 사람이 없고 조심이
없고 아무것도 없는 걸 확인한 도둑⁵이 빈방에 들어온다 빈
방에는 생각이 없다 도둑은 습관으로 빈방을 더듬는다 옷
상을 열어보고 금고를 열어보지만 빈방은 가치를 포괄하시
않는다 동전 하나 획득하지 못한 도둑은 토마토를 들고 나

가버린다 방은 비어 있다 옷장도 서랍도 그릇도 접시도 비어 있다 토마토가 있던 자리도 비어 있다 토마토가 없다 초콜릿이 없다 신문도 가습기도 없다 없기에 빈방이다 빈방이던 빈방은 빈방이기에 여전하다는 단어를 개입시킬 필요도 없다 필요가 없기에 방은 비어 있다 희망이나 구원[6]마저 비집을 틈이 없다 방은 비어 있어서 시선[7]이 개입할 여지가 없다 빈방은 비어 있기 때문에 존재하지만 존재가 아니다 테이블도 접시도 그릇도 옷장도 서랍도 개미도 존재가 아니다 빈방에는 자명성이 없다 비어 있으므로, 빔이 있으므로 빈방은 빈 채로 있다 명백하게 있다 빈방이 있다는 증명은 빈방이 해내고 있다 반복이 없더라도 차이가 발생하지 않더라도, 있음은 그 자체로 완벽이다 추모를 가하는 건 위반이다 멸시는 더더욱, 빈 상태일 뿐인 방은 보이지 않는 그대로 비어 있다 마땅히 빈 채로, 있다

아, 토마토

1 오규원 「토마토와 나이프」의 부제.

2 빈방에는 시간이 있었을지 모르지만 시간은 의미를 생산해내지 못했기에, 사실 오래라는 표현은 위반일지 모른다. 빈방을 오해하지 않는 게 중요하다.

3 토마토는 신선하지도 썩지도 않은 채다. 토마토는 영향을 받지 않는 오브제인 것처럼 보인다.

4 기대는 시간성에 기인해 있다.

5 도둑은 가능한 존재성을 지우는 방식으로 이루어진 비존재다. 그의 존재성은 존재하던 것의 사라짐을 통해 획득된다.

6 테이블 위의 성경을 도둑이 의식하지 않은 것을 되새겨볼 필요는 없겠지만, 없음은 있음에서 자유롭기 어려운 없음이다. 어디에나 존재하고 동시에 존재하지 않는 존재를 생각해보면 쉽다.

7 내가 빈방을 관찰하고 있다고 생각할지도 모르지만, 나는 빈방에 있을 수 없다. 방은 비어 있을 뿐이다. 관찰 역시 시간성을 포괄한다.

회복

하는 바느질을 하지 않는

사람, 나는 상처처럼 찢어진 입을 크게 벌린다 사랑을 말하지 않는다 기형을 말하지 않는다 말하지 않는 기형을 더 크게 벌린다 크게 벌어진 기형이 입과 사랑을 말하지 않는 것이 좋아

열매를 먹지 않는다 보지 않는다 바위와 손바닥에 물든 과즙을 보지 않는다 때로는 연약한 부정처럼 냄새가 남을지 모르지만

모르는 건 모르는 것이어서, 입을 벌린다 터널은 끝이 없고 끝에는 터널이 없고 없음에는 끝과 터널이 없는 것이 마땅해서

복합이 기형을 오르내리고 기형이 복합을 잡아먹고

긍정과 편의,

사랑을 강제했다면 강제를 사랑할 수 있는 복합은 기형이어도 좋을까 문득, 기형과 기형을 잘 붙이면 정형이 되지 않을 수 있을 것만 같아

파인 땅을 메운다 파인 땅이 메워진 땅이 되고 침묵하는 언덕이 될 때를 위해 생각을 덜어낸다 덜어낸 생각의 자리에

하얗고 뜨거운 아이스크림을 담아 여기를

여기에 뒤집어둔다 길을 잃을 수 없는 엉덩이와 아가리가
부끄러워하지 않는 괜찮음으로

괜찮음으로

괜찮음에 겹쳐진 괜찮음도 괜찮음으로 읽는다 소리가

부정되고 부정된 부정마저 부정되는 연쇄를 바느질하다
보면 눈이 침침해진 모자이크의 할머니는

변명처럼

변명이 아닌 것처럼 벙어리였던 나의 악수를 긍정한다 긍
정을 부정으로 잇는다 양말목도리후드손잡이메기사우나관
음순록빨대집게옷걸이냉장고……

……비밀을 줄까 나도 힘이 세지고 있다

생각되되 생각될 것

공이 던져지고

나는 관객 된 도리로, 연기되는 나를 잘 지켜보는 편이다
지루함을 견디는 것마저 장점이 될 수 있다고 독백하며 저
쪽의 내가
　떨어지는 공을 받는다

놀라운가, 아니다
박수가 터지기 전에 다음 독백을 시작할 것이다 던져진
대답이 돌아오기 전에 다시 공을 던지기로 약속되었다

생각이 가해지는 공과
생각이 사라지고
다시 생각이 가해지는 공 사이에

나는
온갖 예상되는 나를 해할 수 있지 죽되, 죽지 않는 선에서
칼을 쥐는 법을 알고 있으니 칼은 휘두르는 게 아니라 밀어
넣는 것이지 비틀며, 약속된 곳으로 반복 없이도 또다시 나

로서 생각될 수 있다면 그렇지, 비틀며

　무수한 시체들이 제 역할에 너무도 충실해 기쁘다 기쁜
역할에 충실한 내게 질투가 난다 질투하는 내 역할에 너무
도 충실할 수밖에 없는 내게

　하품이 난다 참아야 한다 하품이 나지 않는다
　참을 필요가 없다

　하품을 하며
　하품하는 역할에 충실한 나를 바라볼 필요가
　이봐, 저 시체는
　약속 이상으로 피를 많이 흘린다

　괜찮다 기대된 박수를 참는 것마저 장점이 될 수 있다 저
시체가 왜 나인지 생각하지 않는 것만으로도 공은 공으로
충분해진다 현재의 공은 아무런 힘도 가해지지 않은 생각에
　멈춰 있다 (가능하냐고? 내가 연민마저 참으며 모두라고
할 수 있는 역할에 충실하므로)

생각되되

생각될 것이다 우연 없이도 던져진 공은 떨어지는 공으로 약속되었으므로, 건너의 내가 건너의 내 역할을 독백할 필요조차 없으니

어떤 자학도 기만하지 말 것

보라, 던져질 공은 이제 내 손 위에 있다

둘

둘은, 혼자 있을 때
온도와 습도와 바람이 둘의 취향으로
적당할 때

벽이 많고 나무가 많고 골목이 많고 새가 많고 사람이 많고
많은 게 더 많고, 더 많은 것마저 더 많을 때

둘은 보았다
　둘 밖으로 말할 수도 없고 말한다 해도 누구도 믿지 못할
것을 보았다 둘 안에서조차 말할 수 없는 것을 혼자 있는 둘
은 보고 말았다

　예를 들면
　예를 들면
　예를 들면

어떤 예를 들어도, 예는
둘이 본 것이 아니다 둘이 본 것은
아무도 보지 못했다

옆에 있는 사람도 앞에 있는 사람도 뒤에 있는 사람도 위나 아래에 있는 사람도, 새나 나무나 벽이나 CCTV나
손을 맞잡은 서로마저, 보지 못했다

혼자 있는 둘만 그것을 봤기에, 둘은 보고
둘은
혼자 느꼈다

둘은 놀랐다
많은 것들이 더 많아지다가, 동시에 사라진다 해도 놀라지 않았을 둘이지만, 그걸 본 둘은 놀라고 말았다

놀라움을 금치 못한 둘은
참을 수 없을 만큼

결코 참을 수 없을
겨우
그만큼만, 외로워졌다

조화

1막

저 염소는 못난 수염과 화가 많은 염소를 택했고
저 닭은 장식뿐인 날개와 늘 알을 빼앗기는 닭을 택했고
저 나는……

마당은 너르고 대추는 통통하고 볕은 볕이지 내가 하품을
상상하면 염소와 닭은 부끄럼도 모르고 하품을 베낀다 베껴
지는 게 싫은 서로는 또 한바탕 힘과 힘을 부딪으며, 픽 좋은
구도다 단 대추를 씹으며 나는 뒤늦은 하품이다 사방의 울
타리는 나의 힘이고 나의 힘은 저 하찮은 축생들을 존재로
지탱하고 있는데, 모르겠지, 모를밖에, 몰라도
충분하다

닭과 염소는 죽지도 죽이지도 못하고 금세 소강이다 괜한
심술인 나는 슬리퍼 한짝을 염소 궁둥이에 던져보기도 하는
데, 염소가 온다 뿔을 세우고 콧김을 뿜으며 염소의 힘이 온
다 나는 스리슬쩍 뒷간 가는 척 염소의 뿔닌 화를 외면한다
나는

없고, 두리번대던 염소는 있는 닭에게 시비질이다 돌아온 내게 닭이 벼슬을 세우고 오면, 나는 씹던 대추나 던져주며 먼 산에 휘파람을 분다 쓴내나 남은 대추 쪼가리를 쪼는 닭의 자세는 먼 산보다 가관이다

괜찮다 염소와 닭은, 닭과 염소로 함께 오지 않는다 나는 오해와 가까울 뿐 갈등과 걱정에서 자유로운 울타리의 유일한 존재에 가깝다 코만 큰 옆집 김씨가 울타리 너머를 힐끗대며 남의 집 평화를 남의 표정으로 읽는데, 나는 잘 나부끼는 갈대처럼 손이나 흔들어준다 옆집 김씨는 뭘 안다는 듯 흔들리는 손도 환하게 베끼고
닭과 염소는 손이 없다 나는 저들의 탓이 아니어서

흰 국수를 길게 삶는다 닭에게 달걀 서너개를 빼앗고, 염소에게 하나 던져준다 금세 뒤엉킨다 국수를 잘 풀고 날달걀을 푼다 휘휘 저으며, 저 둘은 여태 좋을까 저 치열한 사랑을 구축한 건 나다 울타리를 세우고 관계를 구축하고 마루를 높이고 자연스레, 나는 힘보다 센 망치와 칼을 가졌으니까 울타리의 취약을 보수하고 남은 달걀에 예쁜 색도 칠하

고 그러니까 울타리 안의 나는,

　……뭐

낮잠도

2막

　깬다, 싸우던 닭이 죽어서
　구도는 우연한 여름이다 죽은 몸뚱이가 여름의 열기로 여
태 뜨겁다 염소는 피가 철철 흐르면서 어찌할 바를 몰라 울
타리를 들이받고 나는 알면서도 모르는 척 여름을
　지나버린 봄으로 바꾼다

　자연스레 울타리의 구도에 닭이 산 몸뚱이로 염소와 부딪
고 꽃이 봉오리 지고 염소는 수염으로 늙는다 닭은 싸우면
서도 노랗게 젊어지는데 그 무엇도 나는,
　나를 반성하지 않기로 한다 소나기는 내리고 싶으면 내리
니까 팬스리운 벚꽃처럼 허구만 만연한 이곳은
　정직하고 조화로운 장면일 수밖에 없다

내일은 손님이 왔던 날이다 손님의 건장한 몸은 달걀로 만족한 척 내심, 닭에게 시비질이었다 염소도 아니면서

　손님의 건장을 위해, 닭과 염소를 본다 염소를 본다 모든 염소는 힘이 센데, 평화로운 나는 힘이 셀까 닭을 본다 칼을 세운다 닭을 본다 칼을 세운다 적은 힘으로도 많은 힘을 이길 수 있는 나는,

　⋯⋯글쎄

　닭은 정당이고 염소는 정당이다 부딪는 정정당당은 쉬운 포기가 될 수 없다 대추가 단내를 포기하지 않고 살을 채우듯, 주어진 대로 닭이 닭을 염소가 염소를 내가, 내가,

　⋯⋯내가

　견디는 존재들은 어째서 함께 오지 않는다 힘과 힘은 힘을 통해 힘과 힘으로 힘의 정당성을 잃지 않고 않아서 않고 않고 어째서 어째서

　어째서 밤도 검고 자연스레 올까 나는 아궁이 속에 몸을 숨기고 어둠을 본다 기회로 본다 나는,

모른다 모르기에 나라는 진짜를 연기해내고 있다는 착각을 충분히 검게 입고 아마도, 존재로 있다 칼과 달을 번갈아본다 닭은 닭으로 염소는 염소로 잠든다 나와 나와 나, 아니 저것과 저것과 저것, 아니, 어쨌건 셋의 구도를 위해 조화를 생각해본다 조화를 고뇌해본다 시장엔 예쁜 송아지가 있을까 혹시 코가 큰 옆집 김씨는 닭과 잘 싸워주지 않을까 그리고 나는,

　……모르는 걸로 충분한 채

　빼앗기로 한다 빼앗아, 먹기로 한다 화가 많은 염소의 힘을, 든든히 먹고
　힘을 내보기로 한다 힘보다 힘이 센 나는,
　……
　……
　(막을 닫는 건 힘이다)

3막

　저 관객들은 조화롭게 박수 치는 관객을 택했고

개미를 구별하는 취미

이 혁명과 그 혁명은 다르다고

뭐라고 하는지 잘 못 들었다 결국 코가 큰 인칭과 충분히 마시고 발가락이 긴 인칭과 적당히 마셨다 어제의 라면과 오늘의 라면을 구별하는 것은 멍청한 짓이다 어제 봤던 로봇을 조립하는 인칭과 내일 볼 야채를 파는 인칭의 눈썹 모양은 같다 어차피 인칭과 관계없이 둘은 같은 사람이다

비둘기와 비둘기, 비둘기의 비둘기, 비둘기가 부스러기나 쪼는 공원에 앉아 있었다 한 사람이 둘로 나뉘어 악수를 했다 칼로 가른 과일이 악수를 하지 않는 건 도리에 어긋나는 일이라고 어떤 책에서 봤던 것 같다 확실하지 않지만 네모난 책이었고 아마도 금지되지 않은 책이었다 어쩌면 읽지 않았는지도 모른다고 생각하며, 앞의 인칭이 사 간 것과 같은 붕어빵을 먹었다 같은 인칭을 다르게 부르는 것에 익숙해져버린 입에 대해, 누군가는 책임을 지려 할까

배고프다고 투덜대며 나는 책임에서 반걸음 비켜섰다 어제와 다르게 오늘은 입이 큰 인칭과 적당히 마시고 손가락

이 긴 인칭과 충분히 마셨다 악수를 하고 헤어졌던 둘은 다시 같은 둘과 만나 키스를 하며 공통적인 여인숙을 상상했다 네모난 여인숙이었고 책 한권 놓일 필요 없는 곳이었다 붕어빵을 더한 붕어빵을 먹으며, 그 인칭을 만족시키지 않은 것이 만족스러웠다고 생각하는데 공중전화에서 벨이 울렸다 받지 않았다

　암호라고는 찾아볼 수 없는 편지를 고이 접어 품에 넣는 저 비밀스러운 인칭은, 역시 틀렸다는 생각이 들었다 물론 나도 틀렸다 다행히 서로가 온전히 다른 것 같아 기분이 좋아졌다 한입 베어 문 토마토에 잇자국이 생겼다 그제야 내 이가 이렇게 생겼다는 걸 알았다 야채를 파는 인칭의 귀 모양을 보지 않고 지나쳤다 나는 누군가와 다르기 위해 편식을 한다 누군가는 오로지 완성된 로봇을 위해 반성해야 하지만

　이 불온과 저 불온은 같은가 어쩌다 보니 코가 크고 입이 큰 인칭과 마셨다 코가 크고 입이 큰 인칭과 여인숙에 들어가는 그를 배웅하고 집에 돌아오는데, 누군가 어깨를 두드렸다 로봇을 조립하고 밤새 큰 트럭을 몬다는, 모르는 인칭

이었다 틀리게 접힌 편지를 씹어 먹었다 어금니로 씹는 느낌은 이 토마토보다 저 토마토가 낫겠지만 문밖의 고양이는 배가 부르기 때문에, 나는 보다 현명하다

　나중에 알게 된 사실이지만 만들어진 로봇은 인칭이 되지 못했고 발가락이 손가락보다 길었다 목욕을 하고 나와 상쾌한 기분으로 목욕을 했다 토마토가 사라졌다 사라진 토마토를 먹으며 지도를 펼쳤다 혁명을 피해 등산을 해야 할 것이다

　등산용 모자를 빌리기 위해 친구에게 전화를 걸었다 실수로 친구에게 전화를 했다 어차피 둘은 같은 사람이니까 상관은 없지만 내게 조금의 반성이 필요한 건 아닐까 하는 생각이 들었다 며칠 전에 죽인 인칭 얘기를 늘어놓다가 친구가 며칠 전에 죽인 인칭 얘기를 들었다 처음부터 끝까지 같은 패턴이었는데 친구와 나는 확연히 다른 목소리를 가졌다

　먹어버린 토마토를 챙겼다 어제 갔던 공원에 갔는데 공원이 사라져 있어 안심이 됐다 비둘기들에게 동전을 몇개 던져주고, 홀로 키스하는 독립된 인칭을 봤다 모자 없이 등산

을 할 수 있을까 내리막뿐인 산을 오르는데 코가 크고 손가
락이 길고 입이 큰데다 발가락까지 긴 인칭이 모자 없이 산
을 내려가다 철조망을 넘어 산속으로 사라졌다 다행이라는
생각이 들어 내리막 꼭대기까지 올랐다가 등산을 그만두었
다 빈 가방에서 먹어버린 토마토를 꺼내 다시 한번 먹었다

　부른 배가 불쾌해 오르막이었을 내리막에서 똥을 쌌다 냄
새가 없다 코가 큰 인칭은 왜 코가 작고 발가락이 긴 인칭은
왜 발가락이 짧은지에 관한 생각이 잠깐 들었다 다시 똥을
쌌다 냄새가 없다 산속으로 사라진 인칭 때문이다 나는 존
재하지 않는 인칭보다 옳고 늙어버린 인칭에 비해 젊다 비
해서, 대체 어떤 똥에 비해 어떤 똥이 더 냄새가 없는 걸까
비해서, 비해서 결국 나는 저 철조망보다 옳다 옳기에, 나는
매 순간 특별하고 다르게 기분이 좋아질 수밖에 없다

　등산에 실패한 채 기분 좋게 내려왔더니 인칭이었던 인
칭이 인칭이 아닌 채로 죽어 있었다 처음 보는, 아침마다 트
럭을 몰고 주말마다 로봇을 분해한다는, 모르는 인칭이었다
같기에 닮을 필요조차 없는 개미들은 행렬이다 나는 행렬이

아니기에 무엇도 밟지 않도록 개미를 피해 걸었다 관계되지
않으며 피해되지 않는 개미들이, 개미 사진을 최대치의 접
사로 찍었다 왜 모든 개미는 입과 코가 큰데다 발가락이 긴
건지, 생각하지 않았다 나와 마셨던 인칭은 옆을 걷고, 뒤엔
붕어빵을 팔던 비둘기가 개미로 걸었는데, 나는 어떤 인칭
도 아닌 인칭 밖의 인칭 속이어서

　　그 혁명과 이 혁명은 틀렸다고

*

　　연약한 네모, 단단한 네모, 모가 없는 네모, 변과 변이 만
나지 않는 네모, 번번이 가장자리에 손가락이 베이고 피를
본다 피를 보고 긁적이며, 피를 보는 생각을 한다 주간지의
십칠면 속 나의 개미는, 실제보다 사진이 잘 받지 않는 것 같
다 아 그런데, 설마 내가 개미를 구별하는 취미를 가진 적이
있었는지에 관하여 생각을 생각으로

　　하거나 하는, 개미

그릇되는 동안

저편에 있는 그릇으로 이편에 있는 그릇을 담았다

나는 그가 양말 빠는 모습을 묘사했다 기대대로 그만 울었다

그릇에서 그릇된 버섯이 자랐다

그는 내가 요리사가 되었으면 좋겠다고 소원을 빌었다 냄비에서 멸치를 건져냈다 눈알들을 건져내는 데는 실패했다

두부를 잘랐는데 안타깝게도 크기와 모양이 똑같았다 그가 기차의 량을 옮겼다

나는 다음 량에서 청소 도구를 들고 연기를 해야 하는 그를 위로했다 편안한 마음으로 된장을 풀었다

빨아놓은 양말은 이틀 동안 널지 못했다

그는 여태 연애를 해본 적이 없다 나는 그에게 몇발의 탄

환을 허락한 적이 있었다 그는 그릇이 없다며 식사를 건너
뛰었다

　다음 량에 그의 이상형이 있다 그는 기차의 칸을 옮길 생
각이 없어 보였다 양말이 아닌 멸치에서 고약한 냄새가 났다

　그가 코를 틀어막으며 쓰레기를 치웠다 그가 멈춰 있는데
기차가 움직이기 시작했다

　된장국이 끓고 있다 어디에도 그릇될 만한 그릇이 없다
그는 눈에 띄게 야위었다

　그릇된 버섯은 필요 이상으로 건강하다 움직이기 시작한
기차는 멈추지 않을 생각이다

　여전히 나와 그는 동시에 맨발이다 그는 이전 량으로 돌
아가 나의 야윈 얼굴을 묘사할 예정이다

　그만 우는 것에 미안한 기분이 든다

저편의 그릇에 담긴 이편의 그릇에, 저편의 그릇을 담을 생각이다

미지

1. 약속이 아닌
애인은 이곳으로 올 수 없고 애인의 애인인 나는 그곳으로 갈 수 없다 교묘한 지점에서 만나기로 약속한다 우리는 교묘한 약속이어도, 된다

2. 만남이 아닌
스테인리스 스틸에 손을 대본다 차갑다 나는 온도가 있다 이 공간은 능동보다 피동은 아닐까 의심처럼

애인이 온다 가면을 쓰고 가면이 웃고 나의 가면도 웃을 수 있다는 사실, 악수는 짧다

3. 악수가 아닌
교묘를 걷는다 애인은 알 수 없는 공간에서 왔다 "아직 공간이 되지 못했을 뿐이야"

나의 공간이 끄덕인다 안타깝게도 여기엔 손을 잡자는 적절한 언어가 없다

"너도 공간일까?" 내가 묻고

"아직" 애인이 답하고

언어 없이 손을 잡는다 놓지 않는다 아직 공간이 아닌 애

인의 몸은 온기도 촉감도 기분도 없어서

"앉을까"

앉는다

4. 스테인리스가 아닌

애인이라는 미지칭 안에 응축된 불온은 밖으로 드러나지 않는 리듬이다 없는 건 아닐까 역시 미지일까 내가 잡은 애인의 손은 허위여서

스테인리스

스테인리스

나는 호명되지 못한 고백의 일부다 언어를 저지르고 나면 스테인리스는 돌이킬 수 없을까 깨끗하고 매끈한 나의 작위

5. 비가 아닌

"물이 쏟아지면 좋겠어""비가 올 것 같진 않은데""비?""그래 비""비가 뭐지?""비는 물이지""그러니까 물""그러니까 그걸 이제 비라고 하자"

한다

기록, 열린 기록, 닫히지 않을 기록, 기록되지 않을 깨끗한

기록, 포옹을 하고자 했는데
　포옹을 한다
　"차구나"
　"스테인리스니까, 아직"

　6. 몸이 아닌
　공간과 공간에는 합집합이 있다 사랑은 둘씩도 가능하지만 넷이나 다섯도 충분하다 용인이 아니다 우리가 연 가능성이다
　우리가 언어와 언어의 합집합으로 이루어진 고백이 될 때까지, 몸은 구축된다 제자리로 돌아가려는 진실과 제자리로 돌아가려는 사실

　7. 이별이 아닌
　여기는 증발 중이다 애인과 내가 동시에 증발될 수 있다면 좋겠지만
　스테인리스에 손을 대본다 뜨겁다 애인은 온도가 없다
　제로
　차원, 작위될 너는

"미지?"

"미지"

8. 이별

조용하고 깨끗한, 그리울 수 없는

암묵

  문장은 욕망의 한 방향에 놓여 있다고 본다 뭐, 생각도 별
반 다르지 않다
  어쩌면 욕망은, 욕망의 반대를 향해 있는 것 같다고 언뜻
  생각하지 않고자 노력한다
  사랑을 하고
  비켜나고, 사랑을 하고
  합리화하고

  토론하는 사람들을 보고, 싸우는 사람들을 보고, 사랑하
는 사람들을 보고 나면 나는 어디에도 관여돼 있지 않다고
생각할 수 있게 된다 충분하다고
  착각하면서, 솔직해진다 솔직하다는 말이 얼마나 솔직하
지 않은 말인지 생각하면서

  생각하지 않아도 생각은 되고 만다
  되는 것들에 굳이 관여하는 것만큼 쓸데없는 짓은 없다고
  또 생각하면서
  썼던 문장을 지운다 지운 문장을 다시 쓰고 고친다 고친
문장은 지워진다 문장에 관여하는 것처럼, 타인을 포함한

나의 욕망에 관여하는 행위마저 불필요하다는 걸

　알고 있다 모르는 것마저 알고 있다
　지금 적고 있는 문장조차 비켜나고 합리화하려는 노력이
라는 걸

　피해서,
　죽고 싶다는 생각을 자주 하는 편이다 문장으로 적은 일
은 거의 없다
　소설 속 인물에 비슷한 대사를 던져준 일은 있지만, 그 소
설은 엉망이었다 첫 문장부터 인물이 그 대사를 내뱉기 직
전까지만
　덕분에 버렸다 직전까지만
　성공이라면 성공이다

　암묵적인 약속도 아닌데다 어떤 법칙도 아닌데, 욕망하지
못하는 것들이 있다 되는 것인데도 불구하고, 하지 못한다
나는 이런 착각에 빠진 것들을 종종 생각하고 그것들의 숨
겨진 생각을 내 나름대로 구현화해본다 기린이나 토끼, 모

서리나 그림자 따위로
다행히
그것들은 모두 죽었다

죽은 것들에 어떤 비유도 하지 말아야 한다는, 내 나름의
기준을 가지고 있다
죽은 것들은 이미 된 것이다
모든 것을 떠나서 모든 것과 연관되지 않으며, 자체로 완
성되는 욕망이 있다고 본다 완벽은 아니지만, 완벽을 닮아
있거나 완벽과 비슷한 냄새를 풍긴다

물론 완벽마저 반대편이지만
반대편에 있는 것마저, 다시 반대편이기 때문에
실패마저 된다 사랑이나
사랑이 아니더라도
살아 있는 것들은 살아 있고 죽은 것들은 죽었기 때문에

나는 많은 원인을 내가 아닌 것들에 부여한다
부여된 것들은 나로 인해 존재된다

나는 부여하기에 존재된다 여기에 반복되는 부끄러움이
역겨움이
아름다움이

가까스로 비스듬히 선 채로, 내가 쓰는 이유는
욕망보다
욕심에 가깝다 욕심보다 핑계에 가깝고
다행히 누군가는 핑계를 대면서 핑계를 댄다는 것조차 자
각하지 못한다

나는
내게서 비롯되는 문장들을 참아낼 수 있다 착각 속이기
때문에 암묵적으로
문장마저 착각 중이기 때문에
문장이 적히도록 방치하거나, 방치된 채 길어지는 문장을
넘어뜨리면서

결국 욕망은
여기를 향해봐야 저기로 도착하고 만다 나는 무엇도 바라

거나 기대한 적이 없다 이미 저기에 모두가 모두와 함께 있
고 만다 웃지 않는 표정으로
　웃으며

　핑계는 참으로 아름답고 바쁘며 길기까지 하다 될 필요가
없는 사랑마저
　되고 만다
　암묵적 욕망 때문이다

위하여

문을 닫으면
소리가 멈추고 키스를 하던 혀들이 멈추고
방아쇠를 당기던 손가락이 멈춘다

다시 한번 문을 닫으면
나는 서 있다

문 너머에 대해
문 너머에 있는 괄호가
쓴다

나는 어느 문도
열거나 닫을
자격이 없다 내가 서 있던 자리에
결코 같지 않은 자세로

공백을 집어삼킨 공백 사이를
걷는 괄호

과연 문은 필요한 적이 있었나 가능성의
가능성을 향해
문을 문이 아닌 문으로서
다시 읽을 수 있을까

적을 수 없는 너머의
너머를 위해

검은 돌의 촉감

묻습니다 실수 없는 실패는 정당합니까 과연,

이 돌은 당위성을 따져볼 것도 없이 이 위치입니다 나의
선택도 돌의 선택도 아닙니다 돌은 자연스레 자리를 찾아갔
을 뿐입니다 패배가 자연스레 이 위치에 놓여 있던 것처럼
말입니다

자연스레라니, 얼마나 잔인한 말입니까 압니다 실패는 정
당합니다 하지만, 아닙니다 반복하지 않겠습니다 반복하지
않겠습니다

현명한 의자에 앉아 패배보다 실패를 실패보다 실수를 실
수보다 검은 돌을 검은 돌보다 흰 돌을 흰 돌보다 사랑하지
않은 사람을 오래 연민합니다

연민을 복기하지는 않습니다

위치는 위치일 뿐이어서 위치를 통해 위나 아래를 가늠하
지는 않는 편입니다 변명이지만 변명은 아닙니다

실수를 유발하지 않았습니다 돌은 그저 만져지길 원할 뿐
입니다 나와 다르게 나와 같습니다

돌은 변명합니다 죽고 싶어서일 겁니다
돌은 변명합니다 살고 싶어서일 겁니다

말린 생선살이나 나무 모자의 챙을 만지는 것처럼, 무게
를 만지고 있지는 않습니다 나는 돌과 다른 곳일 뿐입니다
견디고 있을 뿐이지만 견디고 싶은 생각은 없을 뿐입니다

휴가를 내면 혁명으로 갈 수 있습니까

검은 돌 옆의 흰 돌을 뒤집을 수 있다면, 뒤집어진 흰 돌에
서 패배를 꺼낼 수 있다면, 꺼낸 패배를 흰 돌에게 입힐 수
있다면, 흰 돌이 검은 돌이 될 수 있다면

아닙니다 흰 돌은 검은 돌이 될 수도, 될 필요도 없습니다
검은 돌 또한 흰 돌이 될 생각을 하지 않을 테니까요 탓을 돌

리지 않습니다 검은 돌조차 같은 마음일 겁니다 이 의자는
반복적으로 현명합니다

　나조차 나를 닮지 않았으면 좋겠습니다 나는 만져질 수
없고 돌조차 만져질 수 없습니다 만져지지 않는 것이 자꾸
만져지고 있을 뿐입니다 따라서 반복하겠습니다

　다시 묻습니다 실수 없는 실패는 정당합니까 과연,

청사진

건물을 올리며 네명이 죽었다
자연스러운 일이다
자연스러운 일이다

건물은 보편적 각도와 높이의 계단을 구축하고 밟으며
차근차근
벽돌을 소모한다 삽과 젓가락을 소모한다 함바집 할머니
를 소모하고 간이화장실과 병실 침대를, 시간을, 짱돌을 무
더기로 소모하고

본래 이곳에 알알이 박혀 있던, 변변한 생활을 소모하며
누군가 기쁘고
누군가 슬펐다

자연스러운 일이다 건물을 올리며 세명이 더 죽었다
자연스러운 일이다

관리자의 관리자의 관리자는
일곱이면 선방이라고 생각했다 7은 모나미 볼펜을 한번

도 안 떼고 그릴 수 있는 형태다

　청사진처럼

　벽돌을 짊어진 젊은이는 아직
　젊다
　젊어서, 위험수당을 받으면서도 일곱 안에 포함된 사람과
같은 솥의 밥을 퍼먹었으면서도 괜찮을 거라 생각한다 절뚝
대는 무릎마저 배운 대로
　배워온 대로, 두려움을 인내할 줄 안다

　회복의 반대편으로, 계단이 될 허공을 오르는 저 젊은이
는 차근차근
　젊어서,
　젊음이 소모되지 않아서 오랜 교육으로 축조된 희망과 기
대가 아직 소모되지 않아서

　견고한,

저 크레인은 휘어지지 않아야 한다 새롭게 태어난 연골이
피동적으로 단단해진다 저 크레인은 휘어지지 않을 것이다
누군가 행복하다면 누군가 불행해야 해서
　일곱을 인유한 젊은이가 7의 균형을 휘청,

　건물은 위보다 위를 오른다 자연스러운 일이다

임상연구센터

여기를 떠나게 될 것이다 기대가 아니다

　병원 뒤쪽 임대한 방에는 임상연구센터 건물이 보인다 젊고 건강해 보이는 친구들이 그곳에 들어가는 걸 자주 보았다 나는 그들을 모른다 그들은 나를 모른다 나는 모르는 그들의 건강을 짐작할 수 없다 그들이 모르는 나의 건강을 짐작할 필요가 없는 것처럼

　임상연구센터 창틈으로 그들이 보인다 그들의 일부나, 일부의 일부가 보인다 침대가 늘어선 공간에서 일부는 공부를 하거나 잠을 자고, 잠을 자거나 생각을 한다 일부의 일부는 중요한 시험을 준비하거나 연인과 함께 갈 식당을 찾아보기도 하고 부모님 은퇴 후 가족의 형태나 결혼을 위해 필요한 돈에 대해, 생각하거나 생각하지 않을 것이다 일부는 전체를 대변하지 않는다 모두가 울지 않는다고 단정하지 않는다

　일부에 일부를 잘 더하면 전체가 될까 전체를 잘 나누면 평균치가 될까 일부의 일부가 환자복을 입고 담배를 피운다

나는 그와 눈을 마주치지 않고 비탈을 내려간다 서로는 서로의 일부를 보았을 뿐이다 쉽게 오해하지 않고 전체를 가늠하지 않으며, 서로는 쉽게 우리가 되지 않는다 병원을 뒤로하고 떠나는 나는 퇴원의 기분이 아니다 돌아오는 기분이 입원이 되지 않도록, 않는다

임상연구센터가 보인다 임상연구센터를 감아본다 눈을 뜨고 임상연구센터를 감아본다 감은 임상연구센터의 검은 붉음을 감아본다 빛의 날카로움을 감아본다 주입은 주입이 아니다 주삿바늘의 날카로움도 간호사의 부드러운 입매도 환한 주입이 아니다 가끔 일부 사이에서 일부의 일부와 오해를 교환하다가, 서로를 오해한다 사랑의 범주라고 할 수는 없다

작용은 작용이고 반작용은 반작용이 아니다 반작용마저 변화라고 한다면, 변화마저 반작용이 아니라고 한다면, 해야 할 것을 하거나 하지 않는다 나의 일부는 한국을 떠날 것이고 나의 일부는 죽을 것이며 나의 일부는 이별할 것이며 나의 일부는 성공하지 못할 것이다 나의 일부는 야만이지만

나의 일부는 회복이지만, 나의 일부는 내가 아니다 그들의
침대가 비어 있다

　면접과 시험과 침대와 텔레비전과 책과 사람과 사람과 하
수도와 모서리와 변기와 책과 사람을 본다 보는 모든 행위
는 주입일까 적게 먹거나 많이 먹고 많이 마시거나 적게 마
시는 행위는 실험일까 나는 내게 좋은 실험체일까 그들은
나를 대변할 수 있나 그들은 나의 대변에 만족될까 누군가
는 쉬운 반성이고 누군가는 쉬운 열등이다 임상연구센터가
보인다

　그들이 임상연구센터를 떠난다 주머니가 두둑해 보인다
그들 사이에 낀 우연한 나는, 빈 주머니에 손을 꽂고 비탈을
내려간다 외로운 기분이 드는 건 비탈의 각도 때문이다 미
끄러지지 않으려는 나약한 근력 때문이다 떠나는 그들과 다
르게 나는 돌아오게 된다 비탈을 밟아, 입원하지 않는 기분
이다

*

    충분하지 못한 그들은 대체된다 다른 일부가 전체를 대변
하며

    안락한 침대 위로 몸이 눕는 일부를 본다 나의 일부는 그
들의 전체를 대변해내기 위해, 대변하지 않으려는 몸부림으
로, 언젠가 여기를 떠나게 된다 막연이 아니다 결론을 피해
일부는 포기하게 될 것이다 현명한 포기를 통해 그들이 오
래도록 젊고 건강하길 바란다 기대가 아니다

먼 밭

마을에서 멀리까지 나가야 밭이 있다 돌과 나무뿌리가 뒤엉킨 밭이 있다 돌과 나무뿌리는 자라지 않는데 자라지 않는 걸 키우기 위해 나는 멀리를 걸어왔다 가까운 밭을 가진 사람들은 조금만 걷고 먼 밭을 가진 사람은 오래 걷는다 오래 걷는 기분을 모르는 건 그들이다 그들이라고 지칭할 수 있는 건 내가 그들이 아니기 때문이고 그들이 내가 아니기 때문이다 마땅히 그들과 나는 다름에도 한 마을에서 잔치를 나누고 돼지의 내장을 나누고 아이들을 뒤섞여 키우고 같은 멧돼지를 혐오한다 밭에서 멀리까지 걸어야만 집이 있다 오래 기른 돌을 가져와 커다란 불 위에서 뜨겁게 굽는다 뜨거움을 보다가 그들에게 뜨거움을 보러 오라고 붉어지지 않고도 뜨거운 나의 돌을 보러 오라고, 휘적휘적 걸어와 불에 들어가지 않는 그들과 함께 웃는다 나도 불에 들어가지 않는다 불이 불에 들어갔다가 불에서 나왔다가, 내일은 더 먼 밭에 다녀와도 되겠느냐고 그들에게 조용히 묻는다 나는 괜찮은데 그들이 나를 운다

서정에 대하여

자연스런 야만

자연스런 야만, 그리고

오랜 행군, 평지에 늘어선 병사들은 죽음이 제한돼 있다

낡고 건강한 땅, 오랜 아해는 잘못된 폭력이었기에 아이
로 정정된다

잘 익은 사과와 서정, 낮잠과 하품, 시냇물의 부끄러움과
붉은 성찰, 조용한 묵념, 도취와 환대와 도취, 역시 환대, 역
시 도취

건강한 순응, 자연스레 아름다움은 기억된다
그리고
돌이킨다는 것,

이곳은 땅이었던 언덕이다 아름답지 않은 것은 마땅히,
다시 기억될 필요가 있다

관조

키웠던 새의 이름은 관조였다 내가 지은 이름은 아니다 어쨌거나, 허무주의자가 될 필요는 없다고 본다

텅 빈 세탁기는 작동 중이다 부려진 빨래가 못내 불안하다 함께 사는 쥐는 셔츠의 낡은 깃만 보면 환장하고 뱀은 스타킹 속에 들어가길 즐긴다 세탁기는 어째서 비워진 상태에서도 요란한가 회전이라는 운동성이 쥐와 뱀을 흥분시키는 것이 아닌가 걱정된다 내가 하는 생각조차 회전의 운동성을 가지고 있을까봐 걱정됐는데, 걱정조차 회전의 운동성을 가지고 있을까봐

부려진 빨래들 사이에서 어제와 같은 옷을 골라 입고, 어제와 다른 연인을 만나러 간다 오늘은 오늘이어서, 세탁기는 멈춰두었다 조용한 방 안에 늘어져 있을 쥐와 뱀은 왜 흥분이 멈추면 허무와 가까워버리나 키웠던 새의 이름은 관조였다 나는 관조의 눈빛을 자주 떠올리는 편이 아니다 관조는 침묵에 가까울 뿐 허무와 가깝지는 않았다 키웠던 새의 이름은 관조였다 저 새는 관조가 아니다

어제와 다른 연인은 여태 도착을 않는다 어쨌거나, 늦는
건 아니다 약속 시간은 언제도 아니다 시계는 하루에 두번
이나 같은 시간을 가리킬 수 있다 지금이거나, 지금이 아닌
지금 그저 지금은 지금이 아닐 뿐이다 나는 도착하지 않은
연인을 사랑할 생각이지만 뜨겁지 않을 테니까 저 벽시계는
둥글지 않지만 참으로 둥글다

시침이 가리키는 방향은 남동쪽이다 나는 저녁을 먹지 않
았고 아침을 먹을 생각이 없다 집으로 돌아가는 길은 남서
쪽이다 나는 돌아갈 생각이 없다 나는 침착하며 초조함을
모르는 채로 저 남자의 다리가 흔들리는 것을 바라본다 일
초에 네번, 일분에 이백열일곱번, 일초에 여섯번, 일분에 백
아흔두번, 일초에 두번, 일분 후에 남자는 떠났다 도착한 연
인과 함께

나는 앉아 있는 상태다 나는 합리화하지 않으며 나는 불
안을 모르는 채로 고요하다 저 새는 관조라고 부를 수 없다
관조 또한 관조라고 부를 수 없다 의자는 누가 앉거나 앉지
않거나 의자다 관조는 불리지 않아도 관조다 뱃고동이 울린

다 가까운 곳에 호수가 있다 뱃고동이 울린다 뱃고동이 울리지 않는다 혀를 깨문 건 키스하는 상상을 했기 때문이 아니다 내 송곳니가 날카로운 것 또한 관조의 날카로운 부리와 관계가 없듯

  어떤 돌팔이 의사는 나를 위해 뱀과 쥐를 용접하려고 했었는데, 의사는 결국 나를 말렸다 나는 그에게 고맙다는 인사를 하고 나와 그의 진료실 창문에 돌팔매질을 했다 창문이 깨졌지만 그의 진료실 창문은 아니었다 어쨌거나 당시의 그 의사에게 여전히 고마운 마음을 가지고 있다

  어쨌거나, 하고 중얼거리며 자리에서 일어났다 나는 누구도 기다린 적이 없다 다시 어쨌거나, 하고 중얼거리는데 입 안에서 느껴지는 간지러움 때문에, 뱃고동이 울린다 쥐와 뱀의 꼬리가 서로 용접된 건 실수일 뿐이다 왜 나는 늘 관계를 돌이키는 데 실패하는 편인가 그런데 쥐와 뱀을 자꾸 나눠 불러도 괜찮을까 뭐, 어쨌거나

  쥐가 달리면 뱀이 달리고 뱀이 달리면 쥐가 달린다 나는 달

리지 않는다 나는 고요한 상태로 호숫가를 산책한다 나는 어제와 같은 곳을 산책하기 위해 어제와 같은 옷을 입었다 호수 위를 나는 헬기나 소방차의 사이렌과는 적당한 거리를 가졌다 산불의 확산 속도는 내일 조간신문에서 정확히 알 수 있을 것이다 나는 내 안의 감정과도 쉽게 관계되지 않는 편이다 관조 때문은 아니다 후덥지근한 바람이 불어온다 산불은 너무 많은 연기를 유발한다 나는 허무주의자가 될 리 없다

호수를 한바퀴 돌았다 결론이다 헬기는 호수로 돌아온다 저 산에 불을 지른 건 내가 아니다 저 산이 불타는 원인은 관조와 관계가 없다 나는 어제 만나지 못한 연인을 사랑했고 오늘 만나지 않을 연인을 사랑했다 산불은 점점 뜨겁다 뱀은 쥐를 잡아먹을 리 없고 쥐 또한 뱀을 잡아먹을 리 없다 다행이라면 다행이지만 어쨌거나 녀석들은 관계되지 않을 수 없기에

녀석들은 관조가 아니다 나 또한 관조가 아니다 행렬을 이룬 저 사람들조차 관조가 아니다 저 사람들의 목소리조차 관조가 아니다 저 사람들의 공통적인 감정조차 관조가 아니

다 저 사람들이 아닌 사람들조차 관조가 아니다 여긴 관조를 유발하는 곳이 아니다 나는 허무주의자가 될 수 없다

내일 만날 연인은 만나지 않을 생각이다 모레 만날 연인 또한 만나지 않을 생각이다 나는 혼자서도 사랑할 수 있다 관조가 그랬듯, 나는 독립되어 있다 돌아오지 않을 관조를 견디지 않는다 독립된 관조들은 모여 있으면서도 어떤 관조도 견디지 않는다

돌이켜보면 너무 자주 돌이키는 것 같아서 돌아오는 길은 돌아가는 길과는 다르다 나는 어떤 당위도 믿지 않으며 도취를 모른다 저건 호수, 저건 헬기, 저건 사이렌, 저건 나, 저건 새, 저건 관조가 아니다 관조는 날 수 없는 새였다 관조는 날 리 없는 새였다 관조는 돌아오거나 돌아가지 않는다 관조는 여전히 제자리에서 침묵하는 중이다

쥐는 뱀을 잡아먹지 않았고 뱀은 쥐를 잡아먹지 않았다 나는 기대를 모르기에 실망을 모른다 약속 시간이 남아 있다 약속 시간은 반복된다 나는 허무주의자가 아니다

환하고 더딘 방

남아 있는 의자는 피상 중이다 의자에 앉아

의자는 오래 의자였다 의자에서 일어나는 동안에도 의자
는 의자에 의지한 과정이다 의자는 일어나지 않는다 내가
일어나도

내게 의지했던 의자의 자세를 통조림으로 만든다 통조림
이

있다 통조림은 앉거나 일어서거나 앉거나 앉지 않는다 빛
이 없고 소리가 없고 활용이 없고 의지가 없다 의자가 없다

의자가 없다 일어선다 일어섰다가 일어선다 일어선 채로
일어서다보면

증명은 통조림이 되지 않는다 통조림 안에서 하루를 가늠
할 의자의 자세는 생각일까 연속일까 시간은 시간이 아니다
상대적으로

통조림이 오래 보관되는 논리는 생각되지 않는다 생각은
앉지 않는다 자세를 잃어버린 의자에 의지하지 않는 나의

자세를,

　연민이 더디 보관된 통조림도

　나의
　나는

　너는 몇살이 되었을지 궁금하다 너는 몇번의 사랑을 후회
했을지 궁금하다 내가 여전한 만큼 나의 궁금이 여전하다
면, 너는 너무 오래 질문되었다

　남아 있는 건 통조림의 오브제뿐이다 유통기한을 바꿔 적
는다 사방은 가늠되지 않는다 무엇도 자세라고 할 수 없다
통조림의 논리는 왜 혹사 없이도 증명되고 마는 걸까 우는
자세를 취하지 않고도 우는 (통조림 속의 더딘 생각)

　투명한 의지에 의지해 완벽히 앉은 나의 오브제는 피상이
었던, 피상이다

이 사과는 없다

어제는 텅 빈 정황을 걷다가 사과를 주웠다. 사과를 먹어
보았다. 언뜻 사과의 맛을 포괄한 사과였다. 씨앗을 씹다가
사과를 먹었다는 사실을 깨달았다. 저녁이었다.

사과가 있던 자리에 몰래 앉은 아침볕이 있다. 그리고 사
과가 있다. 이 사과는,
　내가 먹었던 사과다.
　이 사과는 없다.
　이 사과는 없다.

                          *

바깥으로 나왔다. 바깥의 바깥으로 나가고 싶었지만, 산
자와 산 자가 스크럼을 짜고 오줌을 참고 있다. 저 결연한 옹
졸을 돌파할 수 있을 것 같지 않다. 반대편엔, 스크럼이다.
산 자와 산 자가 깃발을 들고 가스통을 굴리며 목청에 왜곡
을 심어두고
　있다.

오도 가도, 나는 왜 없는 사과를 들고
바깥으로 나왔어야 하는 나였을까.

스크럼 너머에서 구워지는 고기를 본다. 허기를 본다. 어금니에서 씹히는 저 질긴 고기가 존재하지 않는다는 걸 나는 안다. 나만 안다. 나는 저들의 적이 아니고 반대편에 앉은 저들의 적이 되고 싶지 않다. 나는 볕의 가장자리 즈음에 주머니 속 붉음을 꺼내 말린다. 나의 붉음은 외면이 아니다.

동창이 죽었다는 얘기를 들었을 때, 한번도 웃음을 나눠본 적 없는 그를 내가 좋아했었을 수 있다는 죄책이 들었다. 죄책이 들면 내려놓을 수 없다. 이 사과는 무게가 없다. 이 사과는 죄책으로 맺어진 것이 아니다. 더는 사람이 아닌 사람을, 더는 만날 수 없어, 다행일까.

바깥은 정말 있을까. 저 스크럼 너머엔 무엇이 있을까. 나는 궁금이 없다. 바닥을 이루는 돌 속으로 잠시 들어갔다. 나의 반쯤은 속여지고 있다. 모함되고 있는지도 모른다. 부라보콘과 죠스바를 골라야 하는 입장에서라면, 누구나 죠스바를 고른다. 책임 때문이다. 책임은 충분히 뻔뻔해졌을까. 돌에서 나와본다. 스크럼은 여전하고, 너머엔 한입 베어 문 죠스바 같은 노을이다. 살아 있는 건 아닐까. 뭐.

*

　나갈 수 없는 바깥에는 사과가 없고.

　나갈 수 없는 바깥에는 신문지에 각오를 돌돌 만 사람이 사람으로 온도를 배회하고.

　나갈 수 없는 바깥에는 이순이 넘어 팔짱을 나눈 다정함이 둥근 불륜을 이루고.

　나갈 수 없는 바깥에는 밖을 방관해온 학자가 가까스로 활자로 숨어들고.

　나갈 수 없는 바깥에는 소녀의 뒤를 밟으며 어떻게든 되길 바라는 소년의 순수함이 하얗게 조장되고.

　나갈 수 없는 바깥에는 사과가 없고.

　나갈 수 없는 바깥에는 바깥이,

　여름 이불을 덮고 여름을 잠재운다. 사과의 존재론적 증명을 부자가 된 친구에게 떠들었다. 나는 확성기처럼 붉어졌다가 이내 사과처럼 붉어졌다. 부자가 된 친구는 끄덕였다고 말했다. 나는 항변이 아니다. 증명된 사과는 존재하지 않고,

잠든 여름과 온도를 교환하지 않는다. 사과는 여전이다. 여전을 산책했다. 산책의 안을 산책했다. 언뜻 사과 냄새로 가득한 이곳을 꿈으로 단정했다. 깨지 않는 건 여름이다.

적군이 무장했다는 진실은 거짓이다. 거짓은 진실이기에, 소년의 기침 소리는 과장된 위태라고 생각했지만, 생각은 생각일 뿐 증명이 아니다. 나는 지나가는 사람일 뿐이다. 적을 마주한 이들이 적의 공생자를 연기하고 있다는 걸 왜 인정하려 들지 않을까. 적이 적을 겁탈하고 아군이 아군을 사랑으로 가할 거라는 것마저, 나는 모른다. 나만 모른다. 나는 소속이 없다.

피해자는 희생자로 추대된다. 마땅하지만 마땅함을 인정하지 못하는 사과는 때로의 분노를 이기며 벽에 머리를 찧는다. 사과는 쪼개지지 않는다. 조용히 녹아가는 죠스바를

먹으며 노을을 본다. 존재하지 않는 무언가는, 정말 살아 있지 못할까.

*

외면일 뿐이잖아.
측면일 수도 있어.
외면일 뿐이잖아.
정면에 뭐라도 있을 것 같아?

화해를 청했던 건 아니다. 그와 나는 적도 아군도 아니고 친구도 아니기에, 나는 여태 존재하지 않는 사과의 표면을 닦는다. 안을 닦을 수 없다. 소속은 뭘까. 정황에 나무를 비워두고 걸었다. 해가 지지 않는다. 달이 지지 않는다. 나는 이기려는 마음이 아니다.

소방 벨이 울리고 탄 냄새가 났다. 설득되지 않은 사과는 나를 보지 않는다. 볼 수 있는 눈이 없다. 도망쳐 간 이들은 눈도 있고 귀도 있고 생각도 있어서, 싸우면 이길 수 있다고 외친다. 나는 가스레인지를 끄지 않는다. 라면이 졸아든다.
여기도 바깥일 수 있지 않을까.

　정황 밖의 광장은 사방으로 닫혀 있다. 거대한 버스들은
틈이 없다. 완벽한 논리가 정말 존재할까. 닫힌 곳에서 들어
온 남자의 닫힌 손엔, 칼이 아니다. 남자는 손을 열지 않는다.
사방은 왜곡처럼 보이는데, 여름은 아지랑이가 쉽게 인다.
모두가 모두를 부딪지 않으려는 불쾌를, 남자는 모른다. 남
자의 닫힌 손은 사람을 찌른다. 찔린 사람은 괴로운 연기를
한다. 나는 홀로 소리를 질렀다. 정황이 일순 열렸다 닫힌다.

　폭죽이 터진다. 폭탄이 아니다.

*

미워하고 싶지 않다.
미워해야만 하는 건 아니잖아.
모두가 모두의 오해여서 다행이다.

주머니 속엔 사과다. 존재하지 않는 사과다. 엄마의 전화를 받고 조금의 슬픔을 왜곡했다. 둘러봐도 앉을 만한 자리가 없다. 나는 왜 면접관에게 이 사과가 없다는 사실을 과장했을까. 쓰레기통 안에서 병을 흔들어보는 저 사람은, 허기를 가졌을까. 허기는 없는 걸까. 있는 걸까. 그에게 나의 사과를 건네주려 했지만, 그는 나의 빈손을 툭 치고 갔다. 역시 없는 걸까.

여전한 스크럼을 뭐라고 부를까. 여전한 스크럼이라 불러도 될까. 존재하지 않는 바깥으로 침을 뱉으며, 나의 깨끗함이 저들의 깨끗함과 다를 바 없다는 걸 인정했다. 아무리 강한 락스를 써도 얼룩에 범해진 얼룩이, 달려나가는 속도를 제어할 수 없다. 점점 뜨거워지는 능동을 사과에게 이해시키려는 건 나의 우려였을까. 반대편은 반대편의 반대편으로 인해 증명되는 반대편처럼 보이지만, 어쩌면 나의 옹졸도 여태의 결연일지 몰라서.

사과는 나를 먹는다. 사실일까. 책임일까.

*

죽이고 싶다. 책임일까. 사실일까. 자명일까.

*

　바깥처럼 보이는 바깥의 바깥 정황을 조깅했다. 건강은
깨끗하다. 바람도 분다. 지워진 사과나무에 매달린 사과를
하나 따서 베어 물었다. 사과는 언뜻 없는 맛이었다가,

　없는 사과는 없었다.

텍스트

사람인 듯 보이는 사람은
앉은 듯 앉아서
생각인 듯 생각을 한다

한입 베어 문 사과를 옆에 두고

그는 안과 밖에 대해, 위와 아래에 대해, 상식과 다른 상식
에 대해, 놓인 사과와 사라진 사과에 대해, 들숨과 날숨에 대
해, 저 사람과 저 사람과 저 사람과 저 사람에 대해, 자신과
자신 안의 자신과 자신 밖의 자신과 자신 어딘가의 자신에
대해, 무표정과 무표정에 대해, 경계가 있는 것과 경계가 없
는 것에 대해, 이데올로기와 닮은 이데올로기에 대해, 오와
아에 대해, 아와 오에 대해

생각이 허락되지 않은 그는
사과가 놓였던 자리에 여전히, 존재인 듯
존재한다

주방장은 쓴다

눈은 이미 내렸다 새가 날아온다 그리고 새는 날아간다 이곳에서 시가 시작되는 건 아니다

세상엔 먹을 것이 참 없다 먹는 것이 얼마나 괴로웠으면 사람들은 맛있는 음식을 만들 생각까지 했을까

허기가 시보다 나은 점이라면 녀석은 문을 두드릴 줄 안다는 것 요리는 곧 완성된다 완성되기 전에 이 깨끗한 접시를 쓰레기통으로 던질 수 있을까

내 몸에겐 건강한 학대가 필요하고, 다행히 이곳은 학대에 매우 알맞다 떠나는 새조차 둥지를 훌륭하게 지을 줄 안다

시를 포기하고 시인이 된다는 건 멋진 일이다 더 멋진 건, 죽어서 시인이 되는 일

거짓이다 누구도 시인이 될 수 없고 되어선 안 된다 담배를 문 주방장만이 오래도록 써왔을 뿐이다

휘파람이 휘파람을 불 생각이 없듯 우체통은 붉을 필요가
없다 다행히 라면집은 가끔만 문을 연다

요리는 완성될 필요가 없다 이 깨끗한 접시를 온전하게
버리기 위해

철새가 돌아올 둥지를 삶아 먹고 이사를 할 것이다 겨울
과 더 가까운 곳에 주방을 열고 문을 닫을 것이다 어디서든,
시작하지 않기 위해

거짓인 명제가 가득한 접시 위에만
쓴다

지나가면서

　날씨와 관계없이 지나가기 괜찮다 은행이 떨어진 플라타너스와 노란 리본이 매달린, 침몰 않는 전봇대 밤에 잠들고 아침에 일어나기 위해 지나가는 자전거 바퀴를 미적분이라도 해보려고 했으나 자전거를 탄 노인은 건강하다 따라서 새로 지어진 건물을 부수고 오래전 건물을 올리는 방향으로 지나간다 어떤 이후로 드물게 괜찮기에 지금은 느리게 걸을 수 있다 하교 시간은 일정하고 교복은 닮아 있다 신발과 가방은 저마다 다른데 얼굴은 똑같다 나는 내 의지와는 상관없이 짧은 머리를 한 적이 있는데 저 머리는 전형적인 단발이다 어떤 여학생은 남학교 방향으로, 어떤 여학생은 여학교 방향으로 하교한다 학교는 늘 높은 곳에 있고 하교하는 학생들은 내려오는 것에 익숙지 않아 보인다 나는 어떤 남학생과 어떤 여학생이 만나지 않는 것을 보며 비탈을 오른다 무엇 하나 다행스러운 것이 없다 지나가면서 야구하는 학생들을 자주 봤는데, 오늘은 크게 마음먹고 야구하는 학생들을, 지나가며 본다 배트에 맞은 공이 어디로 떨어지는지 나는 모른다 야구하는 학생들보다 먼저 내려오며, 저들의 야구가 최고를 지향하지 않아 어쩌면 다행이라는 생각이 들어 못내 마음이 아프다 하교하지 않는 나조차 비탈을 내

려오는 것이 이토록 익숙지 않은데, 누군가는 나의 반성이
다 나는 내게서 너무도 잘 지나가는 것 같아 못내 괴로워졌
으나, 이력서에 적어야 할 나에 관한 문장을 생각하지 않으
려고, 처음 가는 방향으로 걷지 않는다 저 카페는 이제 커피
를 볶지 않고 저 분식집의 젊은 여자는 이제 젊지 않다 나는
알고 있는 것들을 다시 알기 위해, 처음으로 본다 저 카페는
이제 커피를 볶지 않고 저 분식집의 젊은 여자는 이제 젊지
않다 보인다 내가 그들에게 보이는 것처럼, 그들이 내게 보
인다 서로 인사를 하지 않고도 걷는 보폭을 이해하는 것이
가능할까 모르겠다 지나오며 보았고 지나가며 보고 있으니
최소한, 그러니까 최소한의 최소한 우리는 서로에게 반성이
될 수도 있지 않을까 역시 모르겠다 혹시라도 지날 수 없는
것마저, 지나야 하지 않는 것마저 지나가고 있는 건 아닐지
노란 리본이 매달린, 침몰 않는 전봇대와 은행이 떨어진 플
라타너스를 지난다 이건 내가 임대한 방이다 흰 그림자조차
생기지 않도록 가능한 것보다 더 낮게 누워, 본 것들과 보지
않는 것들마저 가까이한다 그럼에도 내 반성의 거리는 왜
늘, 겨우 산책의 거리뿐인지 2014,

법과 빵

굳이

빵집에 간다 빵 냄새 때문에 여럿이 울고 여럿이 불안한
데 점을 반복해서 찍어두고…… 온화한다 밖엔 곰팡에 연연
하는 낙엽들 안엔 곰팡에 연연되는 낙엽들

온도는 교환되다가 엇비슷해질 거다 합리를 뒤엉켜놓은
밀가루로 반죽을 마쳤다고 착각을 끄덕이기 위해 기다리는
척 보는 척 적절한 척 쓸쓸해도 되는 척, 척하지 않는 연연의
심리적 경청을 경청하고, 경청을 행위하는 피동

저울 위에서 혀를 부풀리는 개의 반대편엔 형상화된 허기
가 균형을, 너도나도 커스터드 크림을 좋아해요 혀의 돌기
가 예감처럼 돋으며 슬픔과 슬픔은 질량으로 대조되는 중이
다 계량되는 달걀 완숙되는 달걀 병아리가 되는 달걀 하물
며 일찍 죽는 병아리의 질량, 대조되는 온도를 오가며 다음
으로 다음으로

다음으로 발효를 읽으려는 손바닥은 땀의 온도를 쥔다 점
을 반복해서 반복해서 찍어두고……

제빵사를 믿지 않습니다 우리는, 믿지 않는 제빵사를 납득합니다 곰팡이 불러내는 곰팡을 지우며 점을 지우며 점점…… 기어코, 단맛의 판례대로 빵은 인간을 인간의 형태로 구워낸다

공유된 맛은 같고 같은 피동으로 병아리는 커스터드 크림의 색이 아니다 견딜 만한 빵 냄새를 박차며 빵집을 나오자마자, 납득된다 짧았다고 부족했다고 부패할 겨를이 점점…… 점점…… 필요했다고 쓰지도 달지도 못하고 엇비슷하게 남겨진, 적절한 형태의 우리는……

……슬픔마저 미숙했습니다

모를

켜켜이

빛을 읽는다 더는 시들지 못하는 꽃과 열매와 열매와 노
랗게 지친 벌과 언젠가 안아봤던 구름을 켜켜이 쌓인 빛으
로 읽어 올라간다 이곳의 눈부신 환자(晥者)들은 읽히지 않
는 빛이길 바라서, 지나는 이들은 지나는 이들을 애써 읽지
않는다

모를, 곳이다 익숙한 꽃나무와 내가 심지 않은 꽃나무들
이 개천가에 늘어서 있다 오늘은 우산을 갖지 못한 사람이
많아 적은 비가 내린다 일정한 모양의 조약돌을 조약돌에
던지는 여태 소년의 흰 뺨을 몰래 읽는다 빛이, 있다

어떤 꽃들은 조성된 화단의 경계를 넘어선다 종소리마저
들린다 명확은 강박이 될 필요가 없음에도 유리는 필요 이
상으로 깨끗하다 흰 벽지들마저 서툴게 회복되고 있는데 지
나는, 지나고 마는 이들은

믿음이 아니다 후회가 아니다 읽지 않는다 읽히지 않는다
병원과 종탑 사이에 당위성도 없이 자라난 꽃들은 왜 달까

빛을 씹으며, 내게 주어진 연기의 감정이 회복인지, 혹은 회
복인지에 대해
　남자로 태어났다면 기뻤을까

　모를 곳이 모를 곳과 하루에 두대의 버스로 내통한다는
적나라한 사실을, 나는 나로 모른다 같은 빛을 다르게 앓는
이들이 팔짱을 나란히 끼고 종탑으로 걷는다 어떤 구원은
같고 어떤 반성은 같아 보이고 말아서 만연하거나, 만연한

　여태 소녀는 손바닥을 비의 경계에 내민다 움푹으로 고이
는 빗물의 반사를 왜곡한다 나는 여자로 태어나지 못한 후
회를 굳이 빛으로 비유하지 않는다 모를 곳에는 늘 적은 비
가 내리기에 누구도 우산을 펼치지 않는다

　도취는 환하다 환하다고 도취는 아니지만, 묵인하는 이들
은 묵인되길 바라는 강박이다 어쩔 수 없다 여태 소녀와 여
태 소년은 서로를 건너지 않는다 나는 비안개가 비안개로
교체되는 걸 자책하다가, 자책된 우산을 펴고 형국을 걷는다

켜켜이 쌓인 꽃잎들, 중독들, 도취들, 너르고 편협한 들판

읽어온 빛이 안쪽에 켜켜이 쌓인 환자들의 뺨이 환하듯,
환하다 서로가 서로의 빛을 속속들이 모른다

쐐기

소만(小滿)이 가까우면 땅은 힘이 세진다 오래 논이었던 질퍽한 땅에 오늘은 모를 낸다 융통성 없이 농부의 아들인 남자가 논에 들어간다 푹푹 빠지는 땅에서 발을 뺀다 구멍은 힘으로 메워진다 메워진 자리에 모를 낸다 메워진다 모를 낸다 움켜쥔다 모를 낸다 악문다 모를 낸다 힘을 낸다 모를 낸다 모는 벼가 되거나, 역시 융통성 없이 벼가 될까 무사히

나는 논 밖에서 노란 장화에 덕지덕지 들러붙은 힘센 땅을 탁탁 털어내며, 논에 뿌리박힌 허수아비를 본다

*

밤,

힘이 하얗게 센 증조할머니 무릎을 베고 누워, 그녀가 왔다던 다른 땅에 대한 이야기를 듣는다 사랑에 대한 이야기를 듣는다 갈등을 듣는다 저항을 듣고 순응을 듣는다 순응을 끄덕이며 꾸벅이며 듣는다

*

증조할머니 제사를 마치고도 무사한 어둠,

흰 쌀알에 박혀 타는 향내를 맡으며, 먼 소설(小說/小雪)을
묵묵으로 읽는다 사랑에 대한 질문이 오래 반복돼온 건, 사
랑은 늘 의심될 수밖에 없기 때문이라던

잔여

(종종 나는 관념의 잔여로 얼기설기 이루어진 게 아닐까 생각된다. 잔여는 때로 힘이고 집착이고 집착이고 미련이고 장난이고 연쇄인 것 같다. 이건 변명일 수 있는데, 그러니까, 역시, 변명이다. 과정은 기록될 수 없다. 시작은 기록될 수 없다. 더하고 빼고 빼고 더하고 파편화하고 더하고 나누고 덜어내고 버려두고 돌아보고 외면하고 보고 보던 잔여를 남겨둔다. 의미는 아니다. 이건 반성에 관한 것일까. 아니어도 뭐.)

*

제목: 각자의 우리를 증명하는 속절없는 반성에 관하여

그랬다, 그러지 않았다, 같다, 다르지 않다, 다르다, 다르고 있다, 우리라고 부를 수 있는 건, 포괄, 포괄, 포괄뿐이다, 싸리로 둘러진, 구현되지 않는 우리는, 말뚝으로, 철근으로, 담쟁이로, 담쟁이로, 우리를 우리와, 엮고, 맺고, 맺힌 우리는, 우리의 포괄과, 포괄로, 가두는 듯, 가두지 않는 우리, 안엔, 언젠가의 불이익, 불이익, 불이익들, 불이익의 연쇄들, 불이익의 기초들, 불이익의 기틀,

불이익의 반복, 형상을 거부하는 불이익들, 더하는 건 아니지만, 그렇다고, 빼는 것이라고 할 수 없는 병합, 위안을 분노하지 않아도, 계속이 계속을, 잇고, 하나였던 둘이, 둘로, 둘에서, 둘로, 분열하다가 하나로, 아홉으로, 환산되지 않는 포괄로, 포괄은, 포괄을, 포괄하며, 포괄의 연약, 부푸는 불알, 앓는 위태, 어리석는 포괄, 포괄되는 포용, 포용을, 단정하지 않는다, 의미의 확신, 확신의 확장과 우리의 확장과 나의 확장과 마음을 마음을 마음이, 색과 색을 잘 조합해 드러내고자 했던 건 누구의, 변명이어야, 한다, 생각을 피해, 생각하다보면 불이익은, 견디거나 숨기는 것이 아니다 먹는 것이 더하는 행위가 아니듯 물리적으로 먹은 만큼 싸야 한다 도망자들은, 필요한 만큼의 위태를, 챙겨, 가지 않는다, 감내하지 않고, 감당하지 않고, 감수하지 않고, 평온으로, 태도로, 자세도 아닌 자세로, 나로 웃는 나를 있는 척, 우리를 파내고 우리를 채우면 우리는 박제로, 박제된 서로로, 서로의 가득으로, 가득이 가득을, 묻는다, 크게 묻는다, 반복을 묻는다 물음을 웃지 않고, 불이익을 업신여기며, 우리의 불이익을, 불이익이, 불이익으로, 고뇌한다, 고뇌하는 척, 고뇌라도, 고뇌라도 해야 한다는 듯 불이익은 불이익을 쓰다듬지 않고 안아주지 않고 꾸짖지 않고 몽상하지 않고 쓰다듬는, 관념으로, 형상화되지 않는 간격, 중간에서, 중

간을 탓하며, 완벽한 우리가 힘을 완화하고 있다 완화의 뒤엔 인
위적으로 교육받은 반성이 반성을, ……, ……, ……, 반성을 위태
하고 위태의 포만을 반성하고 포만의 반성을 합리하며 합리의 위
태를 위태로 묻는다 형상이 되지 못한 물음이 증발하고, 괜찮아
지고, 평온한 사색, 탁한 사색을 가라앉히는 평온, 괜찮을지 모른
다 피동으로 엮인 관절들이 사랑으로 가능해질 관계라는 걸 의심
할 수 없다 조용한, 조용을, 조용한 독백으로, 형상하지 않으려는
독백으로 물으며, 물음을 꾸역꾸역 삼킨다 위에는 솔개가 난다
우리 밖의 나는 솔개가 보이지 않는다 나는 형상이어서 우리 밖
의 형상이어서 불이익이 나를 쓰다듬는 걸 견디지 않고 내버려둔
다 머리를 내어, 쓰다듬을 가만히 온화해낸,

*

(반성으로 이루어진 인간을 본 적 없다. 나의 잔여는 자주
괜찮은 편이지만 아마도 옳거나 그른 편은 아닌 것 같다. 아
니어도 뭐.)

제 4 부

투명

흰 벽

흰 벽에 흰 못을 박는다
흰 못에
흰 모자를 건다

이건 흰색이 아니라
흰색에 흰색을 더한 흰색이다
나는 웃지 않는다

내 피학을 위해, 벽에 많은 못을 박은 건 아니다
못에겐 못의 역할이
산책을 나서는 내 머리엔, 흰 모자 중
흰 모자가

못 위에 못을 박을 수는 없다 산책의 기본은 못을 피하는
것이다 못을 피해서, 뿌리박힌 그루터기나 돌부리 옆의 흰
못을 피해서 넘어지지 않는 방식으로

내가 찢거나 자르는 걸 좋아하지 않는 이유는 손에 쥔 망
치 때문만은 아니다 반복되는 산책에서 어떤 방향을 선택하

더라도 사랑을 가학할 수 없다는 걸
　인식하고
　잊고
　각인되는 동안

　벽은 감내하지 않는 선에서까지
　감내한다
　못을 유지시키기 위해, 벽을 존재케 하기 위해
　나는 다시, 웃지 않는다

　못은 피학을 더 요구하거나, 못은 더이상의 피학을 거부
할 수도 있다 못은 쉽게 비워지거나 채워지지 않기에 나는
못에 대해 내 나름의 판단을 하면서 가능한 판단을 유보하
고자 노력한다

　흰 못에 대해 생각하다보면 흰 못은
　사라진다
　잃어버린 흰 못의 뾰족함에 대해 질문하고 넘어지고 자책
하고

합리화하며, 흰 길을 더듬어

　산책에서 돌아오면
　벽에 모자가 걸려 있다 벽에 문과 의자와 외투가 걸려 있
다 벽이 보이지 않는다 벽이 보이지 않는다 보이지 않는 벽
을 손끝으로 만져본다 만져지지도 않는 벽은 나를 피하지도
가하지도 않는다 벽은 해소되지 않은 채로도 여전히, 흰 벽
으로 제자리다 나는 흰 모자를 쓴 채로 멍하니

　흰색 밖에 있다
　흰색을 모방한 흰색으로

마당을 쓴다

고양이는 고양이와
구분된다 나무와 새가 없는
숲에 대해

여백을 남겨두고 마당을 쓴다

마당에 조용한 능선을 그려 넣으면
다음 고양이가 몸을 켠다

나는 마루 위에 사는 귀와 함께
마당 한편의 숲을
숲으로 듣는다

새들은 아궁이를 떠났고
여백도 없는 아궁이는 깨끗하도록 검고

잠시, 뒷마당을 앞마당으로 옮겨두고
장독을 닦는다
발자국은 고양이의 것이 아니다

마당은 오래되었고 숲은 오래되었다
고양이를 구분하는 방식으로
숲과 숲을, 마당과 마당을
구분할 수 없다

구분된 고양이의 귀를 만지며
마당을 닮은, 아니 숲을 닮은
여백과 여백 사이를 산책하고 돌아와

앞마당과
앞마당으로 옮겨놓은 앞마당과
돌아오지 않는 앞마당마저
여백을 남겨두고 쓴다

잔잔한 붕어 낚시

강가의 자갈을 깨끗이 씻어 맑은 탕을 끓인다

흰 물결은 붕어로 인다 궁금한 사람들이 물결의 조용을
보고 쉽게 간다 가만한 낚싯대는 알맞게 태만하고

휘어지는 날도 있었다 휘어짐보다 더 휘어지는 해도 있었
다 기다리다보면 답변이 돌아오지 않는다

생각은 잔잔하고 붕어는 조금의 장난처럼 생겼다 생활에
선 생활의 냄새가 날까

비린 물에 발을 담그고도 궁금하지 않을 수 있을 것 같다
갈고리바늘의 모양은 궁금도 곡해도, 어망은 붕어에게 신중
과 여백을 배우고 붕어는 내게 붕어와 나를 배우고

휘휘, 맑은 탕을 저어

오래 두고 보는 왜곡, 나날이 연약한 짠맛 같은 사실을 사
는 기분이다 기분을 안으로 말아 넣는다

흰 얼굴을 담그고, 연약하게 저항하는 투명한 물을 숨 쉰다

위독 1

오늘은 볕이 좋아 뺨이 검게 그을렸다

검어지는 숲을 보았는데
둥근 나방들이 마치 생명처럼
생명을 부풀려낸다 탄식을 삼키고

날려 보낸 맹금은 세마리가 적당할 것이다 검고
검기로 한 검정과
검정이
검정으로

검어지는 햇볕의 결을 폐 속에 넣고
따뜻하게 부풀려낼 수 있다
그을린 뺨을 곡해하는
그을린 뺨

복선으로 돌아오기 위해
복선을 에둘러야만 했던 형(形)의 상(象/狀/相/像)들

위독 2

숲이 따뜻해진다. 일정 온도를 지나면 발화가 시작된다.
소년이 가슴을 두드린다. 개는 혀를 빼기로 한다. 전체 아래
로 바람이 지나간다. 먼 연기에서 저녁 메뉴를 짐작해본다.
길이 휘며, 돌아오는 사람의 공포는 서쪽이다.

투명에 투명을 덧대며

1

설득을 주었다 설득을 받았다 받은 설득을 주기 위해 당신을 오래 본다 당신은 설득을 받을 준비가 되어 있는가 나는 당하지 않았고 당해낼 재간이 없는 설득을 가지고 있다 설득이 복제되는 과정을 보며, 나는 봄나무에 꽃이 피는 것마저 설득되고 만다 나의 그들은 빗자루를 준비한다

2

사탕이 예상을 피해 달아서, 예상을 비켜 살아남은 악인의 안도를 조용히 본다 조용히 종이 울리고 대숲에 비가 조용을 베끼고 조용히 가을의 개굴을 덧씌워 푸른 나무도 오늘이 좋다 내일을 기약할 바에 사탕을 부수는 것도 방법이라고 악인이 내 귀를 달게 핥는다 흥분이 나를 갸웃해낸다면

3

괄시가 기록되고 기록된 괄시가 괄시로 오랫동안 관음되고 있어서 당시의 노새는 기뻤다 혀를 길게 빼고 낮은 물을 핥아 마시는 아름다움도 기쁜 이들에겐 기쁨의 공감이어서 복제된 기쁨이 동시에 복제로 웃는다면 노새의 하루를 따

라가던 내가 노새를 앞질러, 그만 노새를 앞지른 수치를 벗
으면

어쩌면 조금은 굉장한 슬픔

봐, 이제 눈을 감고도 계단을 오를 수 있게 됐어

대단한 대부분은

대부분이라서 일반적인 걸까 우리는 점차 부끄럽고 굉장
해지는 축적을 통해

까마득해지는 장벽

에 등을 기대본다 뜨겁네, 오랫동안 여름에 노출돼 있었
으니까 기록은?

여름의 온도 그래프를 그었던,

(이 온도에서 울었니? 묻고 싶었지만 참아냈다)

덥네

응, 된장국이 끓고 있나봐 아름답고 뜨거운 냄새다 무사
한 냄새 같은, 냄새다

우리를 굴러 내려왔던 무수한 복숭아들은

탐욕이었을까 관성이었을까 그런데

정말 그것들이 모두 실패였을까? 무사하잖아 (무사한 걸
까)

무릎과 허리가, 허리와 목이, 목과 슬픔이 연결되어 있다
는 걸 자각한다 굉장하다

굴곡마다 땀이 흐른다

모르는 사람은 모르는 한계였으면 해서

선을 긋는다 촘촘히, 다시 계단이잖아 어쩔 수 없으니까 얼마나 더

까마득해지려나

슬프냐

(네가 늙어가는 걸 보고 싶은데, 내가 늙어가는 걸 보여줘도 될까) 뭐, 조금

깨지기 직전의 유리컵

유리컵은 깨지기 직전이다 유리컵은 유리로 이루어져 있어 깨진다는 현상에서 자유로울 수 없다

유리컵은 깨지기 직전이다 유리컵이 놓인 이곳은 이곳이다 침묵에서 구태여 의미를 발견하지 말자 저곳은 저곳이다

유리컵은 깨지기 직전이다 유리컵에는 투명이 채워지고 비워지고 채워진다 채워진 유리컵은 깨지기 직전에, 비워진다 채워진 반복을 왜곡하고 왜곡을 번복하며

유리컵은 깨지기 직전이다 조용한 대화들이 투명을 통과했다가, 유리컵은 투명을 내포하고 있다

유리컵은 깨지기 직전이다

유리컵은 깨지기 직전이다 외면하되 믿는 것이 좋다 현상을 가능케 하는 건 유리컵이 유리컵을 견뎌왔다는 반증이 아니라고 할 어떠한 당위도 없어서

유리컵은 깨지기 직전이다 예측될 날카로움과 두려움에 관하여, 파편화될 감정에 관하여 의미를 피하지 않는다

유리컵은 깨지기 직전이다 확신이거나

유리컵은 깨지기 직전이다 확신이다 싸우지 않고도 질 수 있다는 생각은 자만이다 깨지기 직전의 유리컵엔 깨지기 직전의 유리컵이 내포돼 있다 반복, 반복, 번복, 반복, 번복, 번

복, 번복, 번복, 반복

유리컵은 깨지기 직전이다 슬픔이 아니다

유리컵은 깨지기 직전이다 가해진 의미를 투명하게 받아 내며 겹쳐진 투명이 볕을 가만으로 담아내고 있다 보이지 않는다 보이지 않는 유리컵을 보며 침묵하다보면

유리컵은 깨지기 직전이다 견디지 않는다

유리컵은 깨지기 직전이다 슬픔이 아니다

유리컵은 깨지기 직전이다 유리컵에 담겼던 이들은 너나 할 것 없이 투명했다 투명은 쉽게 속을 드러내지 않는다 편 견처럼 위태가 흔들리고 흔들림에 흔들리는 마음, 깨지기 직전의 유리컵은 깨지기 직전의 유리컵으로서 비로소 …… 깨지지 않는다 깨지지 않는 유리컵엔 하늘이 담겨 있고 확 신과 폭력이 담겨 있다 유리컵은 비밀이 없다 솔직이 없다 깨지지 않는 유리컵은 투명해 보이는 자유로움으로 이루어 진 피동의 결속이어서

유리컵은 깨지기 직전이다

자정(自淨)

자동사가 위선이라는 걸 타동사는 안다 알면서도
나의 위증은 결백해서

비는 비를 자학하고…… 바퀴는 바퀴를 자학하고……
파라솔은 파라솔을 자학하고…… 열매는 열매를 자학하
고…… 알람은 알람을 자학하고…… 작용은 작용을 자학하
고……

어떤 덧셈의 지점은 곱셈이 되기도 한다 증명을
축약하며 골목이 골목을 가학하고…… 곡선이 곡선
을…… 반복을…… 여력을 치운다 여력을 민다 믿는다 여력
을 민다 소급이 소급을…… 소급을 소급이…… 소급이……

과오를 믿어본다 초록 이끼와 분홍 이끼와 흰 이끼를 반
성한다 진심으로

회리가 사라진다 조건이 없다 회리가 시작된다 충족이 없
다 동사가 동사를 상쇄시키지 못하고
나는 반성에 강제당한 것이 아니다

불가능이 가능한 노선을 종일 달려, 버스에서 내리려던
사람이 다음 정거장에서 내린다 가는 사람의 뒷모습을 보지
않고 보지 않고…… 가하지 않으며

　나는 강제된 나의 진심을
　깨끗이 용서했다

편집자의 시끄럽고 조용한 정원

오른쪽을 편집한다 오른쪽을
먹고 오른쪽을 싼다 오른쪽을 세뇌하듯 오른쪽을 입고 오
른쪽을 벗고 오른쪽을
닦고 오른쪽을 세뇌하지 않듯 오른쪽을 타고 오른쪽을 켠
다 오른쪽은 언뜻
오른쪽이다 소급돼 깨끗해진 방바닥을 닦는다 햇볕이 앉
아 밝게
밝게
밝게 더러워진 바닥을 닦는다 오른쪽으로 닦는다 닦다보
면 오른쪽은
오른쪽이 닦는 자세다 자세가 유지되며 해가 기운다 나의
오른쪽은
깨끗함이다 내가 닦아낸 밝음이다 나는 무결을 불안해하
지 않고 불안의 깨끗함에 감탄하지 않는다 편집된 오른쪽이
오른쪽을 지탱하며 개념을 연역하고
연역을 직관하고 직관을 연역하다보면
오른쪽이었다 교육이 의심을 화해시키지 않아도
변증을 건너뛴다 건너뛴 변증을 검열하지 않는다 직관이
의심 몰래 변증을 화해시키면

조화로운 나의 오른쪽 손이 나의 오른쪽 손을 잡는다
　반갑습니다, 외로움이 불가능하듯 외로움은 불가능하고
오른쪽의 일부였던 나의 왼쪽이
　나의 왼쪽을 포옹해낸다 해할 마음을
　의심하지 않고 인간이 인간을 밝게
　밝게
　밝게 가해진 인간에 속력을 더하면 세뇌는 제곱된다 영향
없이 번복 없이 지난하게 날아가는 모난 돌은
　혹사가 아니다 사랑에,
　사랑에. 사랑에. 사랑에. 사랑에, 사랑에 수렴되는 속도로
나의 번복은 이미 너의 번복으로 소급된
　왼쪽이다 왼쪽의 너는,
　네가 된 기분이다

　사과합니다, 굉장하고 쓸쓸한 나의 편협이 굉장하고 쓸쓸
한 너의 편협을 다정히 사랑해서

연루

시장에서 사 온 건강한 백향과를 호박 넝쿨에 덧붙였다
(각각의 주석을 읽다가 아직은 글씨가 작아 돌아온다) 퍽 그
럴싸해 보인다

마당엔 웅덩이가 있고 돌부리가 있고 산보가 있고 상상된
것과 상상될 고양이가 털을 적시고 말리고 있다 다르다

마루 아래 웅크려 옹호하고 싶은 사람을 떠올렸다 옹호는
조금 쓴 편이다

마당의 빽빽한 땅 안쪽엔 넝쿨의 뿌리가 번져 있을까 개
가 오줌을 눈 자리에 나도 오줌을 눈다 소나기도, 오고

봄밤을 의아하다가 끄덕여본다 마음도 공간이라 봄밤이
빼곡 익어간다

이십년도 더 된 졸업앨범 속 얼굴들이 알맞게 늙어 있다
죽은 사람도

죽인 사람도, 열매는 달콤할수록 좋다 고양이가 상상된 참새 사냥에 실패해서, 상상된 친구를 초대해 허풍을 조금 떨었다

후두둑 (후두둑)

국수를 삶고 전을 부쳐 옹호를 배불리 먹인다 혀 위에서 연루된 백향과 옹호가 뒤엉켜 웃는다 어린 호박은 여태 무결한 척, 곧

상상될 내가 마당에 귀를 대고 빽빽하고 축축한 땅을 듣는다 다층을 듣는다 조용하고 가혹한 깊이를 듣는다 더욱 깊은 (묵인)

뭐

나는 노랑의 간접 영향권에 있다
별일 없다

종종 오래 서 있곤 한다
나무 옆이나
계단 모서리에

여름이라 덥다 미인도 보고 미인도 보고
여름이니까

뭐, 꽃도 피고
사람도 죽고

견딜 만하다 오래 서 있어도 피부가 좀 검어질 뿐이고
가끔 몸을 흔들어준다

노랑에 기생해서 도토리도 맺고
무화과도 맺고
어린아이 발도 걸면서

오래 서 있다보면, 오래 서 있게 된다
기다리는 척

여름이 지나면 덥지 않겠지
서른네해나
다르지 않았다

여름 굴

내가 물 위에 떠 있으면
나는 물 위에 뜬 사람, 물의 밀도는 내게 충분히 더딘 저항
이다

옐로 서브마린을 여름에도 듣는데 겨울엔 따뜻했다 이불
속에서 여태 노란 잠수함을 까먹다가,
나의 실패는 조금 신 편이다 (실패가 더 익었다면 달콤했
을까)

아는 사이를 모르는 체해본 적이 있다 나는 물 위에 뜬 사
람이라서,
물 위에 떠 있는 건 나다

까마득한…… 갈매기가 부유하고 끼룩끼룩이 더디 오고
반쯤
다른 스펙트럼도 있을까 평평한 밤을 가로질러 미끄러지
는 별은

그래서

그런 것이어서
그럴 수밖에 없는 것이어서

노란 잠수함 안에서 귤을 까먹다가 귤이 고장난다면 어떻
게 될까

잠수한 사람에게 물었다 (길고 연약해 보이는 호스와 잠
망경)
어쩌다
잠수한 사람 대신 내가 답했다 (잠망경과 길고 연약해 보
이는 호스)
어쩌다

탱자나무 아래

탱자나무는 탱자로 엉망이다

이렁저렁 슬픈 개가 그늘에서 쉬다가, 저 땡볕으로 늙으러 가고

꼿꼿한 나는 자주 탱자 아래 서 있곤 한다 기다리는 듯, 입을 크게 벌린 채

주렁주렁

친구들이 와 고함을 지르다 가면, 혼자 남겨진 조용한 냄새를 묘사하고 싶은데 여태 적당한 과일을 모르겠다

아직이야?

아직이야

탱자가 묻고 답은 나의 타당이다

저 행인들은 관성과 중력을 증명하는 실험체로서 때가 되면 알맞게 말랑해진다 나는 행인이 아니어서 뜨거운 고양이가 뻣뻣한 내 그늘에서 몸을 식히고 나를 도망쳐도

야속하지 않은 척, 탱자를 본다 탱자가 익는 모양을 보면, 숨을 팽팽히 들이마셨다가

들이마셨다가

참는!

참는!

참는, 탱자도 언젠가 떨어지고 만다 언제는 언제가 되어
도 언제가 되니까 재촉할 필요는 없다
　살구도
　앵두도 다 포기했으니까 이렁저렁 당위와 그렁저렁 전제
가 꼭지에 겨우 매달린 채,
　명분을 머금은 마음은 엉망으로 달게 될까 기대 없이
　떫은 과일이 탱자나무 아래로 굴러와
　탱자로서

　……밖은 너무 뜨겁고 환한 신뢰로 너무 환하고 뜨거워
완숙을 말리기 좋다

노루잠

잠깐 잤다
내가 여기에 있었다 지금은

돌 위에 누운 사람
돌과 온도가 같은 사람 새가 지저귀는 사람 빛이 부서지
는 사람 시냇물이 흐르는 사람 산이 완만해지는 사람

바람을
해버리자는 다짐도 하다가
다람을 여기에 두고 가버린 쥐는 헐벗었을 것만 같다 매
우 더운 날이다

다람을 주워 입고 도토리를 깐다 다름없다

옅어지는 새끼 노루를 에둘러, 지금이 저기로 가는 중이다
잠깐의 다짐을
까다가
깬다

| 해설 |

시를 새로이, 무대 위에 올리기

전병준

1. 언어의 한계, 세계의 한계

　나의 언어의 한계가 곧 나의 세계의 한계라고 누군가는 말했다는데, 제 생각과 느낌을 언어로 표현하면서 어려움을 겪어보지 않은 사람은 없을 것 같다. 어느날 아침 눈을 떴을 때 느껴지는 신성한 생명력을 어떻게 말로 다 표현할 수 있는가. 쏟아지는 햇살, 따뜻한 기운, 지저귀는 새소리. 자연이 선사하는 놀라움과 아름다움을 어떻게 표현할지 몰라 우리는 자주 입을 다문다. 그리고 하루 일을 끝내고 가족이 기다리는 집으로 돌아가는 길의 안도감을 도대체 어떻게 다 표현할 수 있는가. 편안함과 아늑함만으로는 이루 다 말할 수 없는 것들이 걸음걸이에 스며든다. 일상적이거나 일상적이지 않거나, 우리는 언어로는 다 표현할 수 없는 사태에 자주

173

직면한다. 어쩌면 언어란 표현의 한계를 뼈아프게 깨치게 하는 매개이자 수단인지도 모르겠다.

그런데 언어가 아무리 우리의 경험과 사유를 표현하는 데 한계가 있다고 하더라도, 언어 말고 무엇으로 우리의 생각을 전달할 수 있는가. 인간을 언어적 동물이라 부르는 것은 소통의 수단과 사유의 매개가 언어라는 사실에 근거한 것일 테지만, 언어는 소통과 전달의 가능성과 한계를 동시에 보여주는 지표이기도 하다.

인간은 언어라는 수단을 통해 타자와 관계를 맺으며 세계 속에 존재한다. 그러나 타자를 어떻게 언어로 다 수용하고 표현할 수 있는가. 타자는 끊임없이 언어의 범위와 한계를 벗어남으로써 인간의 지성과 인식 능력을 물음에 부친다. 타자는 언어라는 인간의 활동을 통해 완전히 장악되거나 표현될 수 없는 근본적인 불가능성을 알려주는 지표이다. 타자의 세계는 무한하지만, 언어의 세계는, 언어로 표상하거나 재현할 수 있는 세계는 유한하다. 그러니 부족하기만 한 이 언어라는 수단을 통해 생각과 느낌을 표현하고 전달할 수밖에 없는 것, 이것이 언어를 사용하는 인간이 겪어야 할 운명이라고 해야겠다.

자신이 사용하는 수단의 한계를 일상적으로 느끼면서도 그 한계를 극복하려 하는 것, 이것이 예술가의 일이다. 시인은 언어를, 화가는 물감과 캔버스를 넘어, 보통 사람들은 좀처럼 표현하지 못하는 무언가를 표현하기 위해 애쓴다. 그들이 전달하고자 하는 바를 우리가 온전히 다 알 수는 없겠지만, 그럼에도 그들의 목소리에 귀 기울이다보면 그들의 메시지를 조금은 눈치챌 수 있지 않을까. 그래서 우리의 언어가, 우리의 세계가 한계를 넘어설 수 있지 않을까.

2. 겹치고 엮이며 존재하는 것들

이영재의 첫 시집 『나는 되어가는 기분이다』를 읽으며 우선 드는 생각은 언어의 한계와 가능성에 관한 것이었다. 한 명의 예술가가 새로이 태어나기 위해서는 자신만의 방법을 고안해내야겠지만, 언어를 수단으로 삼는 시인이라면 마땅히 언어에 대해 고민하지 않았을 리 없다. 이영재가 건네는 말에도 다른 시인과는 구별되는 무언가가 있을 것이다. 이 시집의 첫 시부터가 그러하다.

검정에 고인 열에 손을 대본다
평소에는 꽃들이 웃자라 있고 언덕이 높아지거나 모난 바위가 자연스럽다
개미들이 평소를 이쪽에서
저쪽으로 옮겨두었다
평소였던 자리에서 불에 덴 것 같은 샤먼과 볼을 맞댄다
적절한 소문이 무성해서

불편한 나비들이 몰려와 아름다워졌다
나는 계단 깎는 일을 하는 사람이었습니다
땅의 깊은 온기,
흰검정

—「흰검정」 전문

도입부의 "검정"도 그렇지만 끝부분에 등장하는 "흰검정"이 과연 무엇을 의미하는지 쉽게 알 수 없다. 어떤 사물이 희거나 검을 수는 있어도 희면서 동시에 검을 수는 없는 일이기 때문이다. 이것이며 동시에 저것일 수 없다는 논리학의 규칙은 모순적인 것들의 공존을 허용하지 않는다. 그러나 다시 생각해보면, 이것이며 저것이고, 저것이며 이것인 경우가 우리의 삶에는 얼마나 많은가. 논리의 세계가 아닌 실제의 세계에서는 어떤 사물이 단 하나의 특성만을 지니지는 않기 때문이다. 우리에게 인간적인 것과 동물적인 것, 남성적인 것과 여성적인 것이 동시에 스며 있는 것처럼 사물들도 서로 조금씩 섞여 있거나 겹쳐 있다.

그런 의미에서 흰검정이란 흰색과 검은색, 즉 상호 모순되는 것들이 서로 넘나들고 겹쳐 있음을 보여주는 사례로 봐도 될 것 같다. 그런데 흰 것과 검은 것이 섞여 새로이 만들어진 흰검정을 "땅의 깊은 온기"로도 불렀으니, 이것을 태초의 혼돈을 그대로 간직한 대지로 읽을 수도 있겠다. 그렇다면 시집을 여는 서시로서, 카오스를 시적으로 표현했다고

도 볼 수 있지 않을까.

자체의 고유한 특징을 배타적으로만 지니고서는 변화가 가능하지 않다. 모순되고 대립되는 것들이, 그리고 서로 다른 것들이 겹치고 얽힐 때에만 비로소 새로운 것이 만들어진다. 다른 것 없이 순수한 상태에 머물러 있거나 타자와의 만남을 거부해서는 새로운 관계나 새로운 생성이 가능할 리 없다. 오히려 얽이고 섞여야 비로소 다름이 가능하다.

이영재의 시에는 논리의 질서로 환원되지 않는 어떤 결여와 초과가 동시에 기록되어 있다. 일상적인 경험과 논리의 눈으로 보면 무언가 부족하거나 이상하다고 생각되지만, 다른 관점에서 보면 논리와 현실의 질서를 넘쳐나는 과잉이기도 하다.

　문장은 욕망의 한 방향에 놓여 있다고 본다 뭐, 생각도 별반 다르지 않다
　어쩌면 욕망은, 욕망의 반대를 향해 있는 것 같다고 언뜻
　생각하지 않고자 노력한다
　사랑을 하고
　비켜나고, 사랑을 하고
　합리화하고

　(…)

나는

내게서 비롯되는 문장들을 참아낼 수 있다 착각 속이기
때문에 암묵적으로

문장마저 착각 중이기 때문에

문장이 적히도록 방치하거나, 방치된 채 길어지는 문장
을 넘어뜨리면서

결국 욕망은

여기를 향해봐야 저기로 도착하고 만다 나는 무엇도 바
라거나 기대한 적이 없다 이미 저기에 모두가 모두와 함
께 있고 만다 웃지 않는 표정으로

웃으며

핑계는 참으로 아름답고 바쁘며 길기까지 하다 될 필요
가 없는 사랑마저

되고 만다

암묵적 욕망 때문이다

——「암묵」부분

"문장"과 "욕망"과 "생각"은 모두 "한 방향에 놓여 있다".
아니면 그 반대라고 해도 상관없다. 생각하는 대로, 욕망하
는 대로 문장이 쓰이기도 하지만 생각과 욕망과는 반대로,

혹은 다르게 문장이 쓰이기도 하기 때문이다. 그러나 문장과 욕망과 생각이 서로 연관되어 있다는 것만은 변함없는 사실이다. 그 구체적인 사정은 때마다 다르겠지만 욕망과 생각은 문장으로 표현되고, 표현된 문장은 욕망과 생각에 영향을 끼친다.

그러나 욕망과 생각은 기존의 법과 질서에 어긋나 다른 곳으로 향하기 마련이다. 욕망은 "여기를 향해봐야 저기로 도착하고 만다". 생각하지 않는 곳에서 존재하고, 존재하지 않는 곳에서 생각한다고 하지 않던가. 모든 문장이 "착각 속"에 있다고 할 수 없겠지만 욕망과 생각은 법과 질서를 넘어 어딘가로 향한다. "될 필요가 없는 사랑마저" 되는 방향으로 움직이는 것은 모두 "암묵적 욕망" 때문이다.

문을 닫으면
소리가 멈추고 키스를 하던 혀들이 멈추고
방아쇠를 당기던 손가락이 멈춘다

다시 한번 문을 닫으면
나는 서 있다

문 너머에 대해
문 너머에 있는 괄호가
쓴다

나는 어느 문도
열거나 닫을
자격이 없다 내가 서 있던 자리에
결코 같지 않은 자세로

공백을 집어삼킨 공백 사이를
걷는 괄호

과연 문은 필요한 적이 있었나 가능성의
가능성을 향해
문을 문이 아닌 문으로서
다시 읽을 수 있을까

적을 수 없는 너머의
너머를 위해

—「위하여」전문

　"문을 닫으면" 모든 것이 "멈춘다". "소리"도, "키스를 하던 혀들"도, "방아쇠를 당기던 손가락"도. 닫힌 문은 소통을 허용하지 않고, 그래서 어떠한 움직임도 불가능하게 한다. 문은 이쪽과 저쪽을 나누는 경계로서 작용하지만, 닫혀 있던 문이 다시 열리면 문은 새로운 가능성의 공간이거나 새로운 연결의 통로가 된다. 문을 열면 비로소 문 너머로 길이 열리고 시야가 트인다. 문은 단절과 폐쇄의 기호이기도 하지만 연결과 가능성의 상징이기도 하다. 문에서 열림을 볼 것인가, 닫힘을 볼 것인가.

"문 너머"에, 문 너머의 저쪽에 무엇이 있을지, 문 이쪽에 있는 이는 알 수 없다. 다만 상상할 수 있을 뿐. 그러니 거기에 "공백"이나 "괄호"라는 이름을 붙일 수도 있겠다. 문 너머에는 문 너머의 사정과 규칙이 있기 마련이다. 그러나 문이 열리면 문 너머는 단지 너머에 있는 것으로 머무르지 않는다. 닫혀 있던 문이 열리면 문은 통로가 되어 이쪽과 저쪽을 잇는 역할을 한다. 지금까지 닫힘이었던 것이 이제 열림과 개방의 의미를 띠기 시작한다. 그래서 "가능성의/가능성을 향해" 움직이고, "적을 수 없는 너머의/너머를 향해" 운동한다.

자연스러운 일이다 건물을 올리며 세명이 더 죽었다
자연스러운 일이다

관리자의 관리자의 관리자는
일곱이면 선방이라고 생각했다 7은 모나미 볼펜을 한
번도 안 떼고 그릴 수 있는 형태다

청사진처럼

벽돌을 짊어진 젊은이는 아직
젊다
젊어서, 위험수당을 받으면서도 일곱 안에 포함된 사람
과 같은 솥의 밥을 퍼먹었으면서도 괜찮을 거라 생각한다
절뚝대는 무릎마저 배운 대로
배워온 대로, 두려움을 인내할 줄 안다

회복의 반대편으로, 계단이 될 허공을 오르는 저 젊은
이는 차근차근
젊어서,
젊음이 소모되지 않아서 오랜 교육으로 축조된 희망과
기대가 아직 소모되지 않아서

견고한,

저 크레인은 휘어지지 않아야 한다 새롭게 태어난 연골
이 피동적으로 단단해진다 저 크레인은 휘어지지 않을 것
이다 누군가 행복하다면 누군가 불행해야 해서
일곱을 인유한 젊은이가 7의 균형을 휘청,

건물은 위보다 위를 오른다 자연스러운 일이다
—「청사진」 부분

"건물을 올리며" 네 명이 죽고, "세 명이 더 죽"은 곳에서 과연 무엇이 의미 있다고 할 수 있을까. 사람이 몇 명 죽든 "관리자의 관리자의 관리자는/일곱이면 선방이라고 생각" 하는 곳에서 사람의 목숨이 중요하다거나 사람이 먼저라는 말은 구두선(口頭禪)으로밖에는 여겨지지 않는다. 바로 옆에서 누가 죽어가도 자신의 목숨을 유지할 수만 있으면 그뿐, 타인의 고통이나 생명은 안중에도 없어 보인다. "벽돌을 짊어진 젊은이"는 "위험수당을 받"고 일하면서도 자신만은 "괜찮을 거라 생각"하며 "배운 대로/배워온 대로, 두려움을 인내할 줄" 안다. 젊은이는 젊어서, "회복의 반대편으로, 계단이 될 허공을 오르"기만 할 뿐, 계단 아래, 계단 이외의 삶이란 관심 밖이다. "희망과 기대"마저 "오랜 교육으로 축조" 했으니 그를 비난할 것만도 아니겠다. 건물은 계속해서 위로 치닫고, 이미 있는 "위보다 위를 오"르는 것도 자연스러운 일로 받아들여지기 때문이다.

그러나 비극과 참사가 끊이지 않는 이곳의 삶을 다만 "누군가 행복하다면 누군가 불행"할 수밖에 없는 일이라며 내버려둬도 될까. 죽은 이들은 말이 없으니 살아남은 이들이라도 비루한 삶을 계속 이어가야 할까. 오래 교육받은 대로 적당한 희망과 기대로 연명해도 되는 것일까. 아니다. 그렇지 않다. 시인이 이 "청사진"으로 새로이 그리려 한 것은 그러한 것이 아닐 것이다. 오히려 죽음으로 가득한 '지금, 이곳'을 물음에 부치기 위해 이 시에 청사진이라는 이름을 붙였을 것이다. 그리하여 죽음을 새로이 묻고, 삶이란 어떠해야 하는지 묻고 싶었을 것이다.

산다는 것은 육체적·물리적 생존만을 의미할 수 없다. 말이 욕망을 벗어나고, 욕망은 말을 벗어나 어딘가로 향한다고 시인 스스로 말하지 않았던가. 시인은 이 시를 통해 삶과 죽음의 문제를 단순한 생존과 살아남기의 문제로 환원할 수 없음을 침묵의 목소리로 웅변한다. 그리하여 무엇이 정의로운 것이고 무엇이 정의롭지 않은 것인지 말한다. 정의의 문제를, 정의가 없다고 한탄하기 위해서가 아니라, 그래서 정의를 죽은 이들의 몫으로 한정함으로써 '지금, 이곳'에는 정의가 없음을 이야기하기 위해서가 아니라 오히려 정의가 필수 불가결함을 말한다.

살아남기란 그저 생존을 위한 것이 아니라 존재와 비존재의 이분법적 대립을 넘어 그 대립 위에 있는 삶을 위한 것이다. 그리하여 죽은 이들을 애도함으로써 살아남은 이들을 달래는 것이 아니라, 죽은 이들뿐 아니라 아직 태어나지 않은 이들에게까지도 이어질 무언가를 끊임없이 환기하는 것이다. 뒤틀린 세월, 어긋나버린 시간을 제대로 돌려놓기 위한 명령, 이것을 자신의 과제와 소명으로 받아들이는 이들만이 책임을 자신의 몫으로 받아들인다(시인은 일련의 시편을 통해, 특히 동창의 죽음에 죄책감을 지니게 된 사정을 이야기한 「이 사과는 없다」에서 이와 관련해 말한다).

자연스런 야만

자연스런 야만, 그리고

오랜 행군, 평지에 늘어선 병사들은 죽음이 제한돼 있다

낡고 건강한 땅, 오랜 아해는 잘못된 폭력이었기에 아
이로 정정된다

잘 익은 사과와 서정, 낮잠과 하품, 시냇물의 부끄러움
과 붉은 성찰, 조용한 묵념, 도취와 환대와 도취, 역시 환
대, 역시 도취

건강한 순응, 자연스레 아름다움은 기억된다
그리고
돌이킨다는 것,

이곳은 땅이었던 언덕이다 아름답지 않은 것은 마땅히,
다시 기억될 필요가 있다
　　　　　　　　　　　　　　　—「서정에 대하여」전문

서정에 대한, 혹은 시에 대한 생각을 밝힌 이 시에서 시

인은 서정이 "자연스런 야만"이 아닌지 묻는다. 대상에 대한 적절한 거리 조정과 유지를 통해 세계에 대한 깨침을 얻게 되면 그것이 시나 문학이 줄 수 있는 최대한의 효용이라는 오래된 관습에 일침을 가하고 싶었던 것일까. "건강한 순응"과 "자연스레 아름다움은 기억된다"라는 구절은 이러한 추측을 가능하게 한다. 그러나 아름다움뿐만 아니라 "아름답지 않은 것은 마땅히, 다시 기억될 필요가 있다"는 마지막 구절에 이르면 시인의 생각이 단순히 기존의 생각에 부정적인 판단을 가하는 것은 아니겠다는 생각을 하게 된다. 보기 좋고 아름다운 것을 기억하는 것은 자연스러운 인간의 반응이지만 아름답지 않은 것을 기억하는 것도 인간이 해야 할 일이다. 특히나 마지막 행에 쉼표를 붙이고 "마땅히"를 부기한 데에는 이러한 의도가 들어 있는 것이 아닐까.

시는 아름다운 것만이 아니라 아름답지 않은 것도 노래한다. 우리의 삶이 아름답기만 한 것이 아니라 아름답지 않기도 한 것처럼 말이다. 어찌 아름다움만으로 삶과 시가 구성될 수 있겠는가. 아름답지 않은 것이 있어야 아름다움이 가치를 얻게 되는 것처럼 시도 시 아닌 것이 있어야 비로소 가치를 지니게 된다. 그런 까닭에 시와 비시(非詩)는 서로 엮이고 짜이며 새로운 시로 탄생한다.

3. 우리가 연 가능성

　이영재의 첫 시집을 읽는 독자들은 투명하면서도 모호한 언어의 배열에서 자주 길을 잃을지도 모르겠다. 삶의 구체성에 뿌리를 둔 일련의 작품들은 세상에 뿌리를 내리고자 하는 이들의 힘겨운 고투를 다루어 자못 정서적 감염력이 크다. 등단작 「주방장은 쓴다」는 생계를 책임져야 하는 젊은 세대의 막막함을 그리면서 시인으로 새로이 태어나고자 하는 젊은 예술가의 간절한 바람을 인상적으로 보여주었다. 「검은 돌의 촉감」이나 「임상연구센터」와 같이 3부의 앞부분에 배치된 시편들은 사회 현실이나 시대에 대한 알레고리를 담고 있어 힘겨운 과정을 거쳐야 하는 삶의 팍팍함을 만나게 해주었다. 이러한 특성을 되새기다보면 이영재의 시가 어디에서 비롯하는지 조금은 눈치챌 수 있을 것 같다. 언어의 한계를 탐험하며 새로운 언어에 대한 추구가 한쪽에 있다면 자신의 세대가 경험하는 삶의 문제에 대한 뚜렷한 인식이 다른 한쪽에 있다는 것. 그런 의미에서 잠정적으로나마 이영재의 시적 사유의 핵심이 언어와 실존에 대한 집중에 있다고 할 수 있겠다.

　모든 것이 논리적 질서 안에서 조화를 유지할 때 세계는 평화롭다. 그러나 거기에 새로운 가능성은 없다. 기존의 법과 질서에 균열이 생길 때 비로소 시가, 사랑이 발생한다. 정해진 시와 사랑이 아니라 다른 시와 사랑도 가능하다는 것,

그것이 바로 이영재가 말하는 "우리가 연 가능성"(「미지」)이
다. 우리가 연 가능성이 앞으로 우리가 열어나갈 새로운 시
와 사랑의 가능성이 된다.

全炳俊 | 문학평론가

여전히 모르겠습니다. 예전엔 알고 싶었습니다. 알 수 있을 것 같았습니다. 이제는 그게 무엇인지조차 모르겠습니다. 어쩌면 모르는 채로도 충분하다는 생각이 듭니다.

생각은 나의 것이 아닙니다.

오랫동안 시를 쓰면서, 내가 썼다고 생각했습니다. 착각이라는 걸 이제야 압니다. 내가 아니라, 시가 나를 기록해왔습니다. 시에 의해 기록된 내가 보고 생각하고 씁니다. 가한다는 건 뭘까요. 가한다는 건 무엇이어야 할까요. 가한다는 건 무엇이 될 수 있을까요. 무엇도 무엇이 되어야 할 필요는 없습니다. 나는 시에 의해 이 꼴이 되고 있습니다. 타당해 보이는 핑계를 대면서 나는 된 것, 되는 것, 될 것 따위를 믿지 않습니다. 시가 그렇기 때문입니다. 시에 의해 구축된 내가 시를 구축하는 오류를 범하고 있습니다. 내가 택한 건 아니지만, 시를 택하길 잘했습니다. 시는 충분히 매력적이며 충분히 옳고 충분히 그르고 충분히 충분치 않습니다.

돈을 많이(많이) 버는 인간이 되면 좋겠습니다.

이 책 안의 시를 쓰며 자주 떠올린 사람은 아도르노입니다. 그는 살아 있는 사람이 아닙니다.

감사하다는 말을 하기 위해 여기까지 써왔는데,

여기는 마지막이 아닌 것 같습니다. 어찌할 수 없음을 다시금 생각해봅니다. 모두의 다행(多幸)을 빌며, 감사합니다.

2020년 첫,

이영재

창비시선 439

나는 되어가는 기분이다

초판 1쇄 발행 / 2020년 1월 30일
초판 2쇄 발행 / 2020년 3월 24일

지은이 / 이영재
펴낸이 / 강일우
책임편집 / 한인선 박문수
조판 / 한향림
펴낸곳 / (주)창비
등록 / 1986년 8월 5일 제85호
주소 / 10881 경기도 파주시 회동길 184
전화 / 031-955-3333
팩시밀리 / 영업 031-955-3399 편집 031-955-3400
홈페이지 / www.changbi.com
전자우편 / lit@changbi.com

ⓒ 이영재 2020
ISBN 978-89-364-2439-8 03810

* 이 책은 서울문화재단 '2016년 첫 책 발간 지원사업'의
  지원을 받아 발간되었습니다.
* 이 책 내용의 전부 또는 일부를 재사용하려면
  반드시 저작권자와 창비 양측의 동의를 받아야 합니다.
* 책값은 뒤표지에 표시되어 있습니다.